廉歌行

全国廉政文化诗词大赛获奖作品集

苏州市纪检监察学会、苏州市诗词协会、苏州市书法家协会 编

中国·苏州
古吴轩出版社

前言

中华诗词是中华民族特有的优秀传统文化，言志抒怀，感时忧世，寄情山水，争辉日月。2017年8月，苏州市纪检监察学会与苏州市诗词协会联合发起“全国廉政文化诗词大赛”。此次活动以弘扬传统文化、彰显文化自信、增强廉洁意识、讴歌廉洁苏州为主题，用传统诗词的形式，唱响主旋律，传播正能量，彰显党员干部“为民、务实、清廉”的精神风貌，倡导“干部清正、政府清廉、政治清明”的社会风尚，从而推进廉政文化建设。

诗风兴盛而百姓乐业，政治清廉则本固邦宁。旬月之间，主办方收到来自北京、上海、天津、重庆、河北、河南、辽宁、山东、江苏、浙江、安徽、福建、湖北、湖南、四川、广东、甘肃、新疆等将近二十个省市自治区数百名诗人词家寄来的应征作品四百多首。作者中既有年过八十的离休老人，也有二十上下的在校学生，更有工作在政治建设、经济建设和文化建设第一线的风华正茂的工人、农民、教师、医生、企业家和基层公务员。内容涉及古代清官廉吏侯霸、羊续、陆绩、吴隐之、韦应物、白居易、刘禹锡、范仲淹、王安石、包拯、海瑞、况钟、汤斌、陈鹏年、于成龙、暴式昭等，当代名人楷模周恩来、孔繁森、牛玉儒、沈浩、郑培民、杨善洲、任长霞、常德盛等，以及被视作清正廉洁象征的事物——廉石、清泉、青松、古柏、梅花、兰花、荷花、竹子等，大多紧扣主题，立意准确，言之有物，论之有据。形式上则大致合辙押韵，调和平仄，讲求传统诗词格律。应征作品总体上达到了较高的水平，获得了良好的社会影响。

按照原定部署，主办方聘请相关专家，对所有应征作品进行了评审，从中选出优秀作品一百首，结集编订为《廉歌行——全国廉政文化诗词大赛获奖作品集》，邀请书法家一一书写，刊印发行。诗书一体，相得益彰，鼓呼社会正气，弘扬廉政文化，实现举办全国廉政文化诗词大赛的初衷。

感谢苏州市诗词协会和苏州市书法家协会的大力协助。弘扬传统文化和建设廉政文化需要全社会持之以恒的努力，不可能一蹴而就。此次活动只是一个开端。在社会各界的关注支持下，我们将总结经验，拓展深入，做到更好。

苏州市诗词协会会长，苏州大学博士生导师、教授

周秦

目　录

（按姓氏笔画排序）

廬歌行

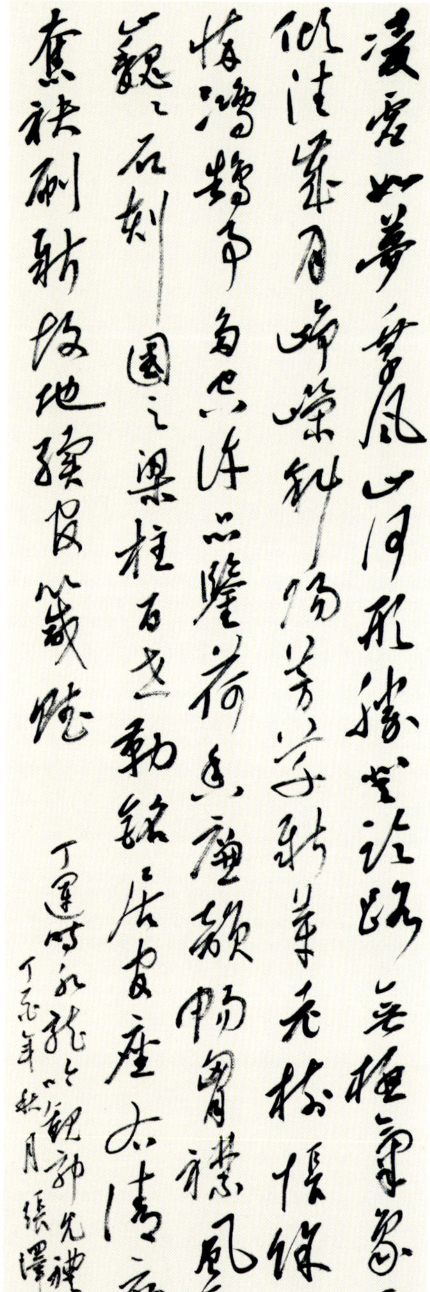

水龙吟·观郭允礼官箴石感赋

作／丁运时

书／张泽江

凌虚如梦乘风，山河形胜登临路。无极气象，云空碧洗，澄波倾注。岁月峥嵘，斜阳芳草，新芽老树。怅余生也晚，经年憔悴，鸿鹄事，多空许。

品鉴荷香廉韵，畅胸襟，风云千古。息心忘返，巍巍石刻，国之梁柱。百世勒铭，居官座右，清廉风度。更谁人奋袂，刷新故地，续官箴赋？

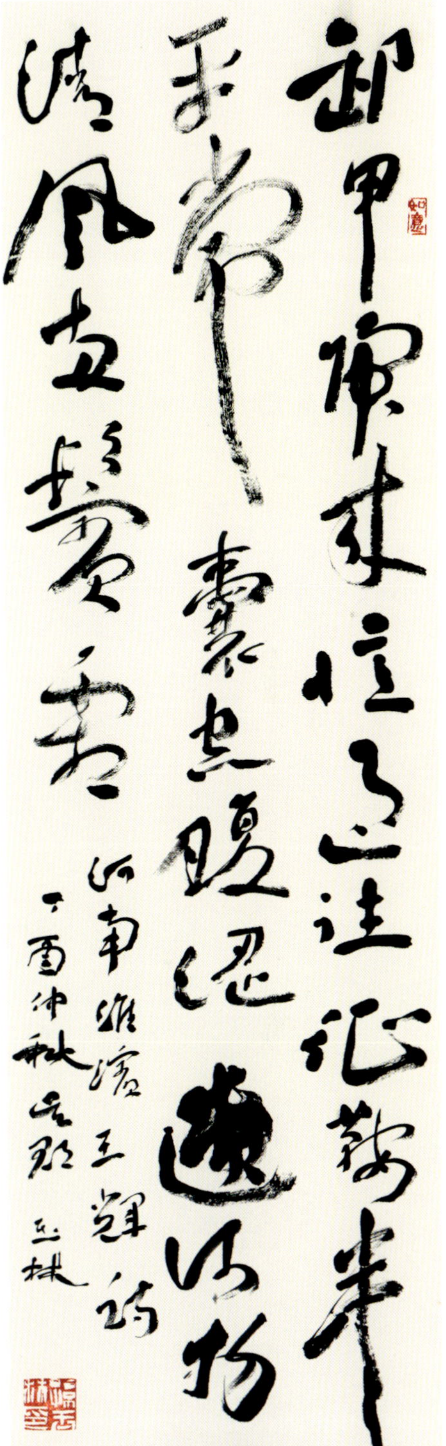

除却清风两鬓霜

作 / 王　辉

书 / 孙玉林

卸甲归来忆过往，征鞍半世太平常。

囊空腹涩遗何物，除却清风两鬓霜。

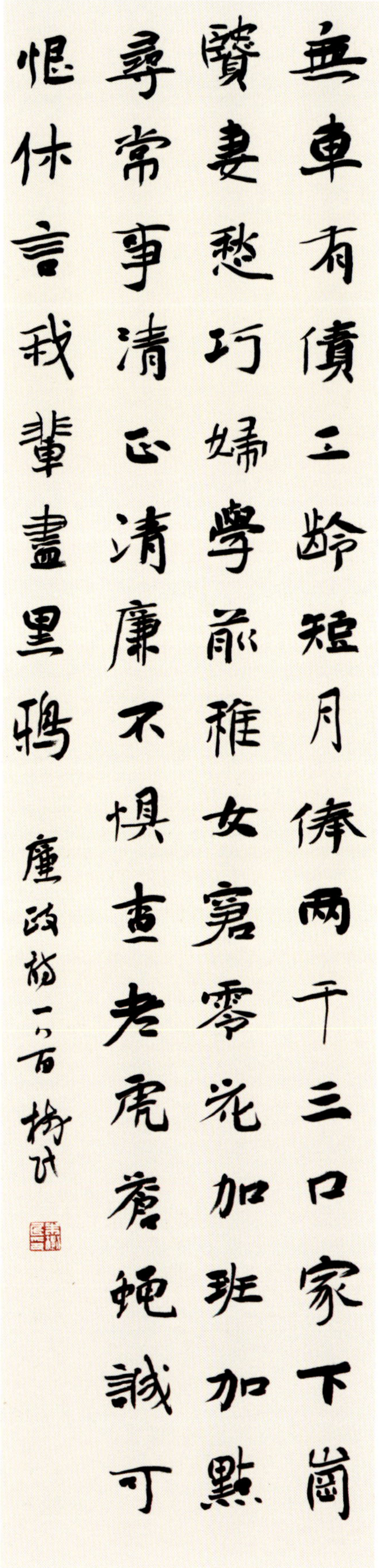

现实版公务员

作 / 王利民

书 / 朱树民

无车有债工龄短，月俸两千三口家。

下岗贤妻愁巧妇，学前稚女窘零花。

加班加点寻常事，清正清廉不惧查。

老虎苍蝇诚可恨，休言我辈尽黑鸦。

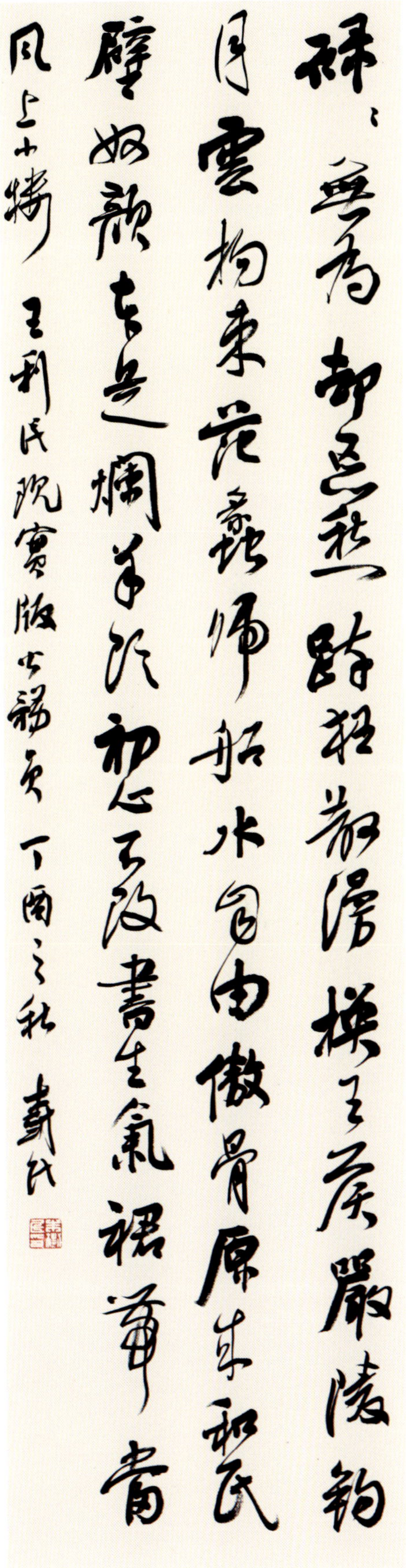

初心不改书生气

作 / 王利民

书 / 朱树民

碌碌无为却忘愁，疏狂散漫换王侯。

严陵钓月云拘束，范蠡归船水自由。

傲骨原来和氏璧，奴颜本是烂羊头。

初心不改书生气，裙带当风上小楼。

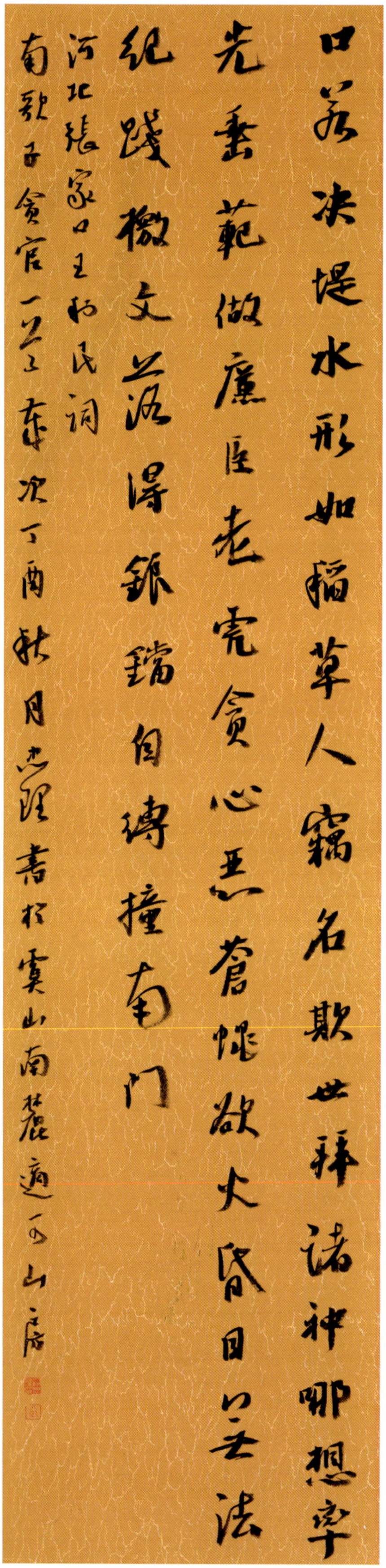

南歌子·贪官

作／王利民

书／寇忠理

口若决堤水，形如稻草人。窃名欺世拜诸神，哪想率先垂范做廉臣。

老虎贪心恶，苍蝇欲火昏。目无法纪践檄文，落个锒铛自缚撞南门。

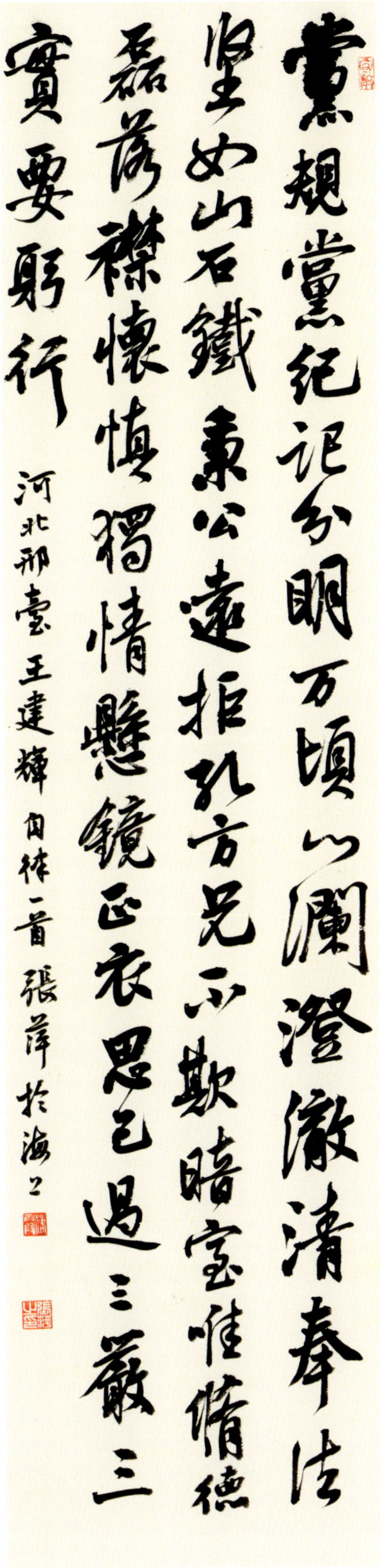

自律

作／王建辉

书／张　萍

党规党纪记分明，万顷心澜澄澈清。

奉法坚如山石铁，秉公远拒孔方兄。

不欺暗室唯修德，磊落襟怀慎独情。

悬镜正衣思己过，三严三实要躬行。

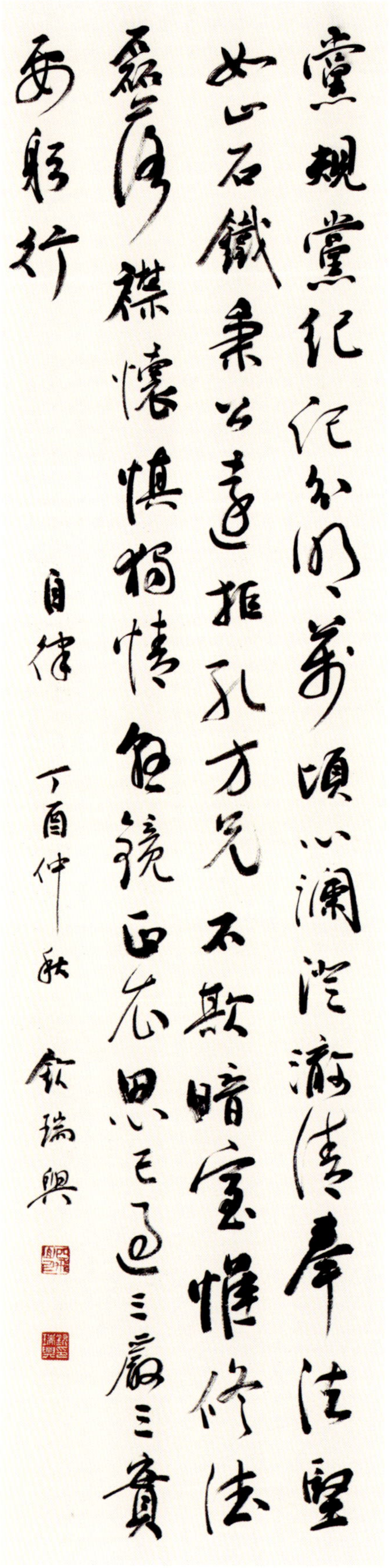

自律

作 / 王建辉

书 / 钦瑞兴

党规党纪记分明，万顷心澜澄澈清。

奉法坚如山石铁，秉公远拒孔方兄。

不欺暗室唯修德，磊落襟怀慎独情。

悬镜正衣思己过，三严三实要躬行。

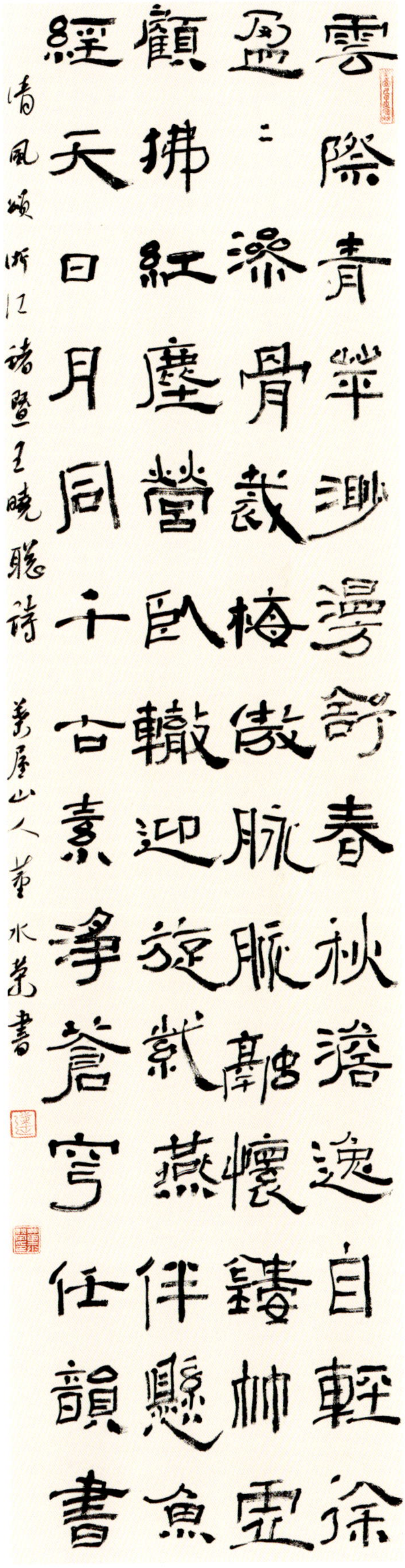

清风颂

作／王晓聪

书／董水荣

云际青苹渺漫舒，春秋淡逸自轻徐。

盈盈渗骨裁梅傲，脉脉融怀镂竹虚。

顾拂红尘营卧辙[1]，迎旋紫燕伴悬鱼[2]。

经天日月同千古，素净苍穹任韵书。

注：

1. **卧辙**　“东汉淮阳太守侯霸，征入都，百姓号哭遮使车，卧于辙中，乞留霸一年。”（《后汉书·侯霸传》）后常用为挽留或眷恋良吏的典故。

2. **悬鱼**　“府丞尝献其生鱼，续受而悬于庭。丞后又进之，续乃出前所悬者以杜其意。”（《后汉书·羊续传》）后作为居官清廉、拒贿的典故。

折腰苏州名臣

作／王富强

书／邢宗仁

盛唐双刺史，大宋两中堂。

汗青千古事，清气自流芳。

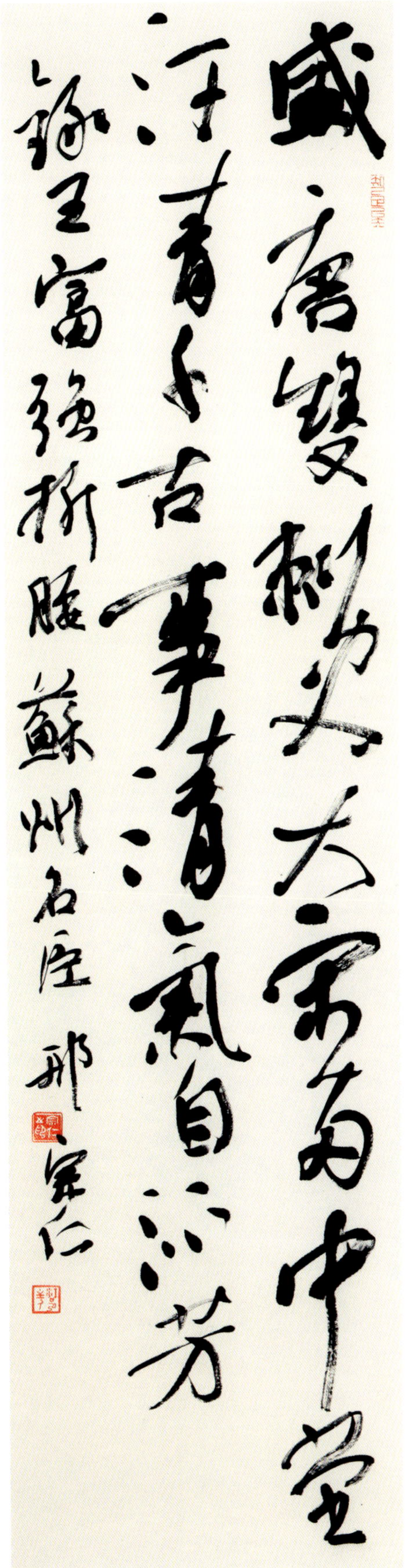
盛唐雙樹大宋兩中堂
汴京千古事清氣自流芳

长歌一叹王安石

作／王新南

书／王　洁

“若乃于三代以下求完人，惟公庶足以当之矣。”——梁启超《王安石传》

滔滔逝水几回轮，史册荣辱独一人。大任于斯三不足，东坡迂叟又何瞋。

胸中丘壑多施展，定力终须握万钧。饱读渊思襟抱阔，典策长能据要津。

棋局纵横谋落子，风期暗与文王亲。巉岩荆棘狐狼道，幸有明君共国臣。

争执空言无裨益，均衡利弊惠田民。解忧一本平戎策，翻手河湟换主宾。

诗赋虚名难取士，文章世事要经纶。山河几度春风起，百姓颜开实鹿囷。

欲射天狼择兵将，弓弦未满忽移辰。情思萦系黎氓事，考索安排每夜夤。

须衣游虱经御览，缘为守职忘苦辛。蓄势蓄钱何足道，试问谁家可比邻？

心力交瘁抽簪去，半山孤月独逡巡。罪得权门何足畏，可怜僚友出讥唇。

败事有余成不足，庸儒尽是伪慈仁。尔辈坐不读书耳，如何细察辨劳薪。

画工乱笔丹青暗，形貌昏然戚眉颦。元凤任公执仗义，一扫千年诬浊尘。

子之矛陷子之盾，其人道治其人身。浮云蔽日终飘散，吹尽狂沙始见金。

我今翻得韦编绝，九回肠里泪湿巾。三重变法皆悲壮，夜半凭谁问夙因？

萧规惜未有曹随，悠悠千祀叹沉沦。仰止惟公昭日月，浩然正气聚精神。

滔滔逝水變田輪史冊縈寥獨一人大任於斯三不足東坡迂叟何瞋胸中丘壑多施展空力終須握萬
鈞飽讀淵思襟抱闊典策長能據要津棋局縱橫謀落子風期暗與文王親嶮巇荊棘旅狼道幸有明君
共國臣爭執空言無裨益均衡利弊惠田民解憂一本平戎策翻手河湟換主廢詩賦虛名難取士文章
世事要經綸山河變度春風起百姓顏開實廩國欲射天狼擇兵將弓弦未滿忽移辰情思縈係黎氓事
考索安排每夜黃驪衣游亂經御覽緣焉守職忌苦辛蓄勢蓄錢何足道試問誰家可比鄰心力交瘁抽
簪盍半山孤月獨追巡羅得權門何足畏可憐僚友出讒唇敗事有餘成不足庸儒盡是偽慈仁爾輩坐
不讀書目如何細察辨勞薪畫工亂筆丹青暗形貌昏然戚眉顰元鳳任公執仗義一掃千年謳濁塵子
之手陷手之角其人道治其人身浮雲蔽日終飄散吹盡狂沙始見金我今翻得韋編絕九回腸裏淚濕
巾三重變法皆悲壯夜半憑誰問風曰蘭規惜未有曹隨悠悠千祀嘆沉淪仰止惟公昭日月浩然正氣
聚精神

梁啟超曾讚王臨川云若乃於三代以下求完人惟公庶足以當之矣長歌一嘆王安石

丁酉清秋 王潭

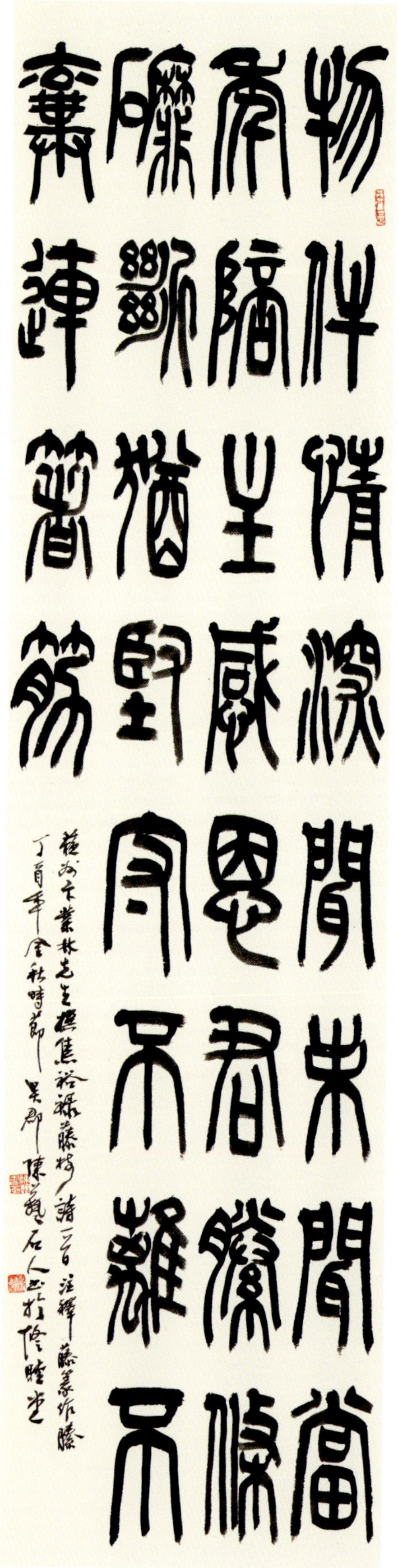

好官三咏　其一

焦裕禄的藤椅

作／卞业林

书／陈　艺

物件情深闻未闻，当年陪主感恩君。

藤条磨断犹坚守，不弃不离连着筋。

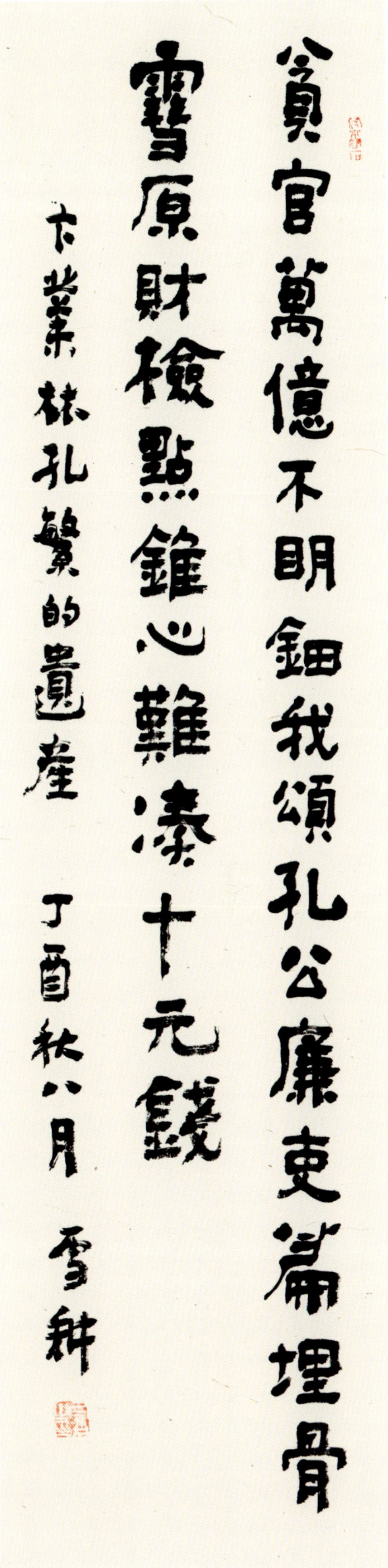

好官三咏　其二

孔繁森的遗产

作 / 卞业林

书 / 周雪耕

贪官万亿不明钿，我颂孔公廉吏篇。

埋骨雪原财检点，锥心难凑十元钱。

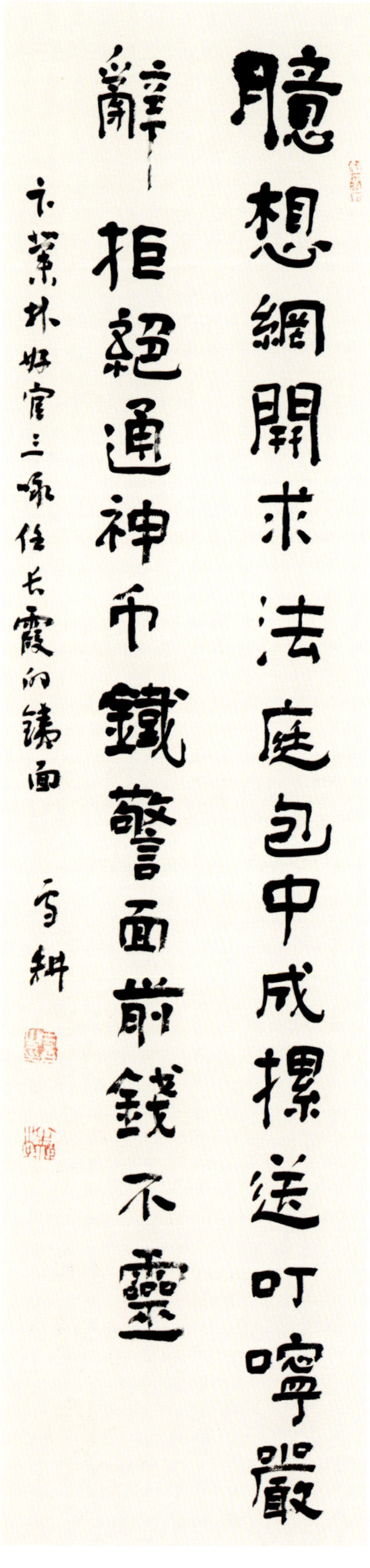

好官三咏　其三

任长霞的铁面

作／卞业林

书／周雪耕

臆想网开求法庭，包中成摞送叮咛。

严辞拒绝“通神币”，铁警面前钱不灵。

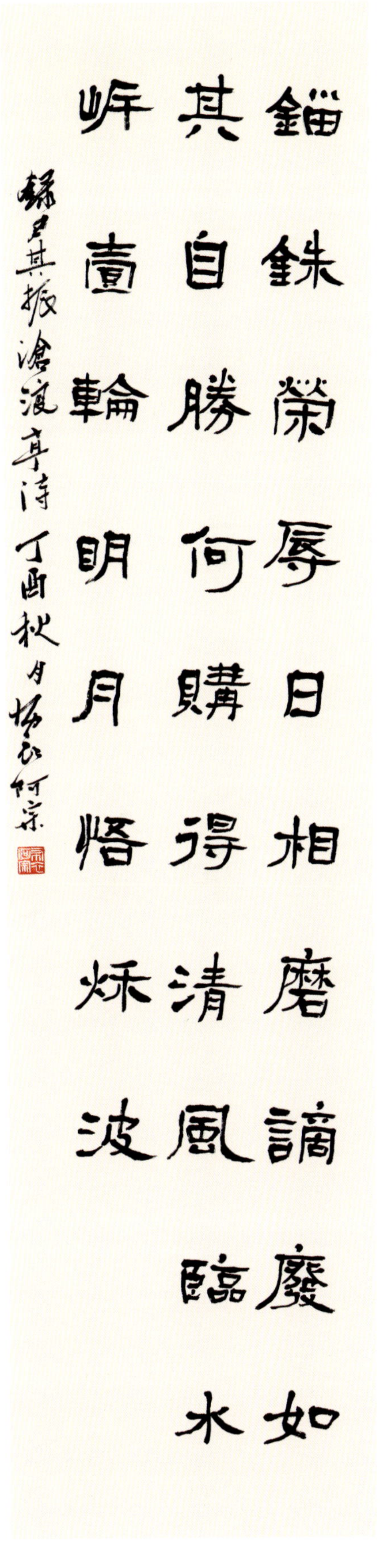

沧浪亭

作／尹其振

书／夏　伟

锱铢荣辱日相磨，谪废如其自胜何。

购得清风临水岸，一轮明月悟秋波。

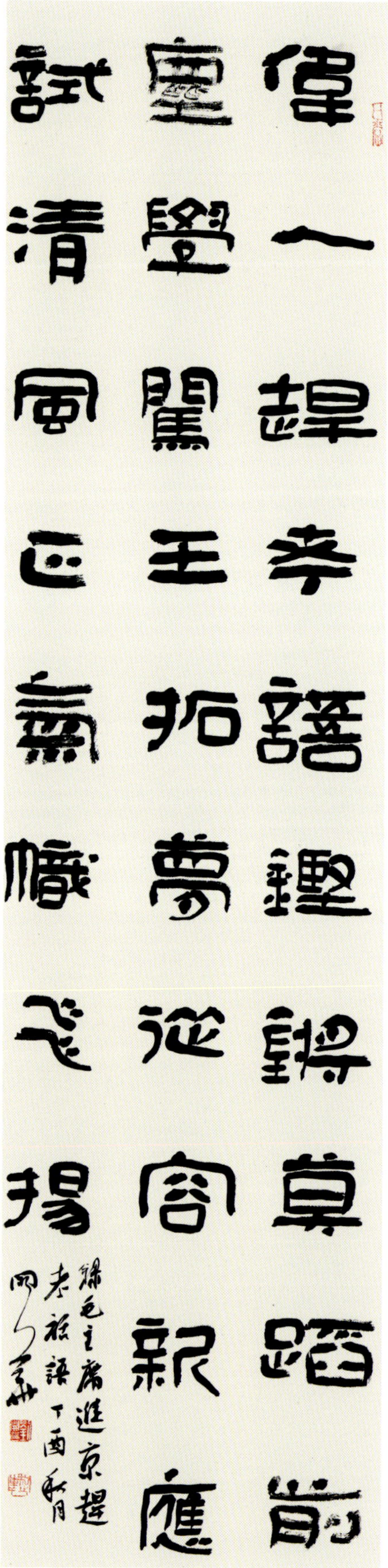

重温毛主席“进京赶考”话语

作／史纪光

书／刘开华

伟人赶考语铿锵，

莫蹈前尘学闯王。

拓梦从容新应试，

清风正气帜飞扬。

廉石咏

作／邢　烈

书／朱斌生

原本当初也补天，无端漏落郁江边。

难如尘俗三生愿，幸遇清风两袖连。

陆氏因辉彪后世，吴门得已法先贤。

莘莘历代新陈替，秋旺春荣一万年。

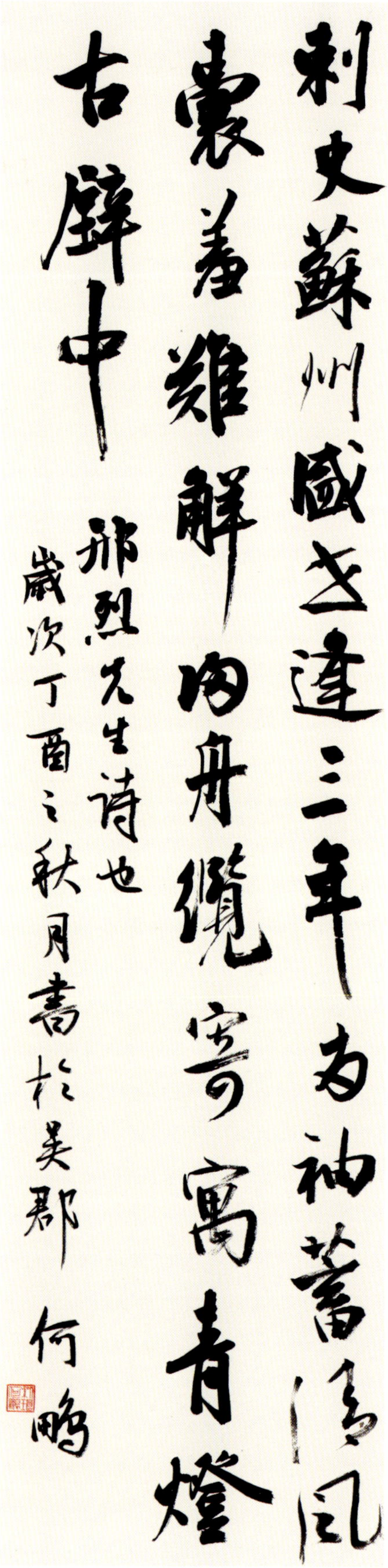

咏韦苏州

作／邢　烈

书／何　鹏

刺史苏州盛世逢，三年两袖蓄清风。

囊羞难解归舟缆，寄寓青灯古壁中。

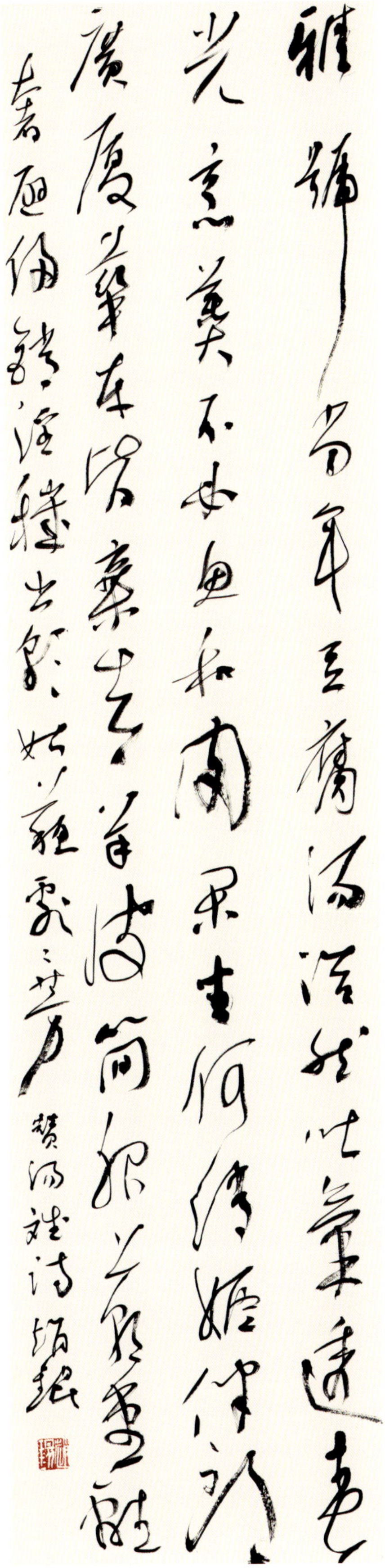

赞汤斌[1]

作／邢　烈

书／赵　锟

雅号当年豆腐汤，浩然吐气透春光。

烹羹不必鱼和肉，闲坐何消姬伴郎。

广厦华车皆弃去，羊皮简服上朝堂。

离奢避侈销淫秽，出彩姑苏处处芳。

注：

1. 汤斌（1627—1687），清代政治家，一生俭朴，崇尚居无广厦，出无文轩，家无待姬，食无珍馐。在苏三年，兴利除弊，深受百姓爱戴，因其平素常以豆腐佐餐，百姓赐雅号曰“豆腐汤”。

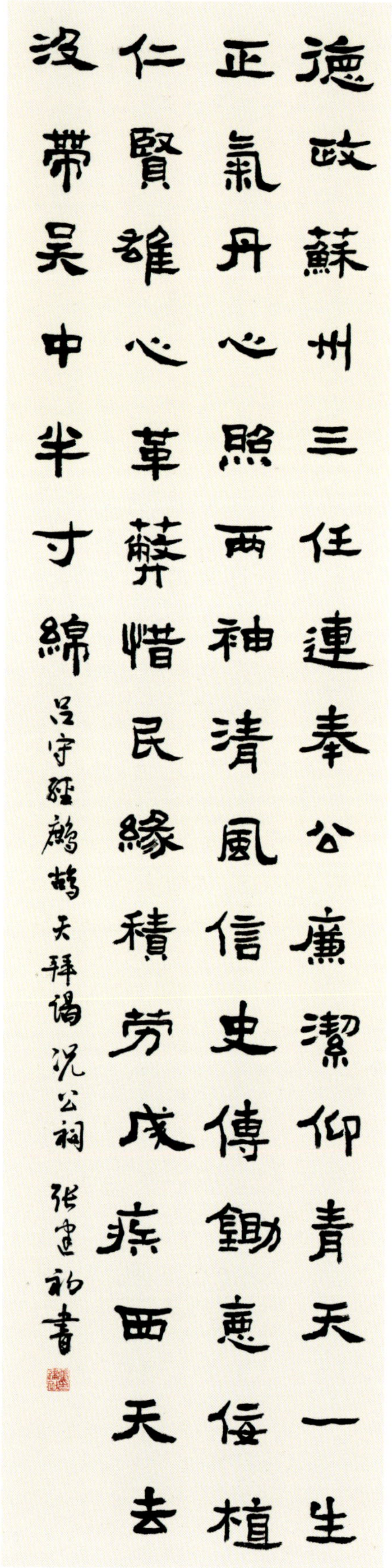

鹧鸪天·拜谒况公祠

作／吕守经

书／张建初

德政苏州三任连，奉公廉洁仰青天。一生正气丹心照，两袖清风信史传。

锄恶佞，植仁贤，雄心革弊惜民缘。积劳成疾西天去，没带吴中半寸绵。

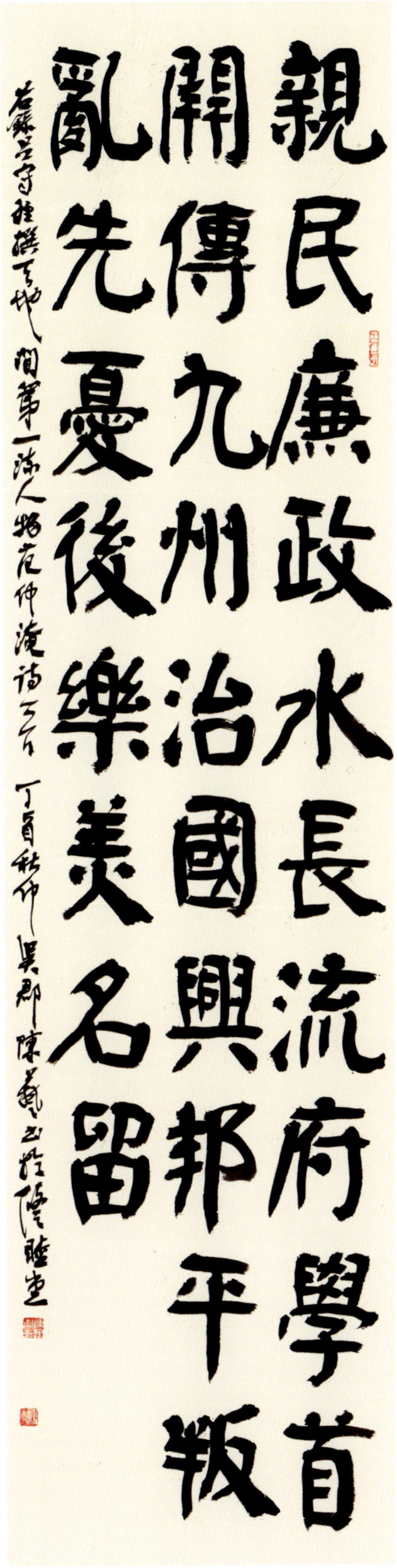

北宋苏州两重臣二首　其一

“天地间第一流人物”范仲淹[1]

作／吕守经

书／陈　艺

亲民廉政水长流，

府学首开传九州。

治国兴邦平叛乱，

先忧后乐美名留。

注：

1. 范仲淹（989—1052），字希文，汉族。苏州吴县人。北宋杰出的思想家、政治家、文学家。范仲淹政绩卓著，文学成就突出。他倡导的“先天下之忧而忧，后天下之乐而乐”思想和仁人志士节操，对后世影响深远。被朱熹尊称为“天地间第一流人物”。

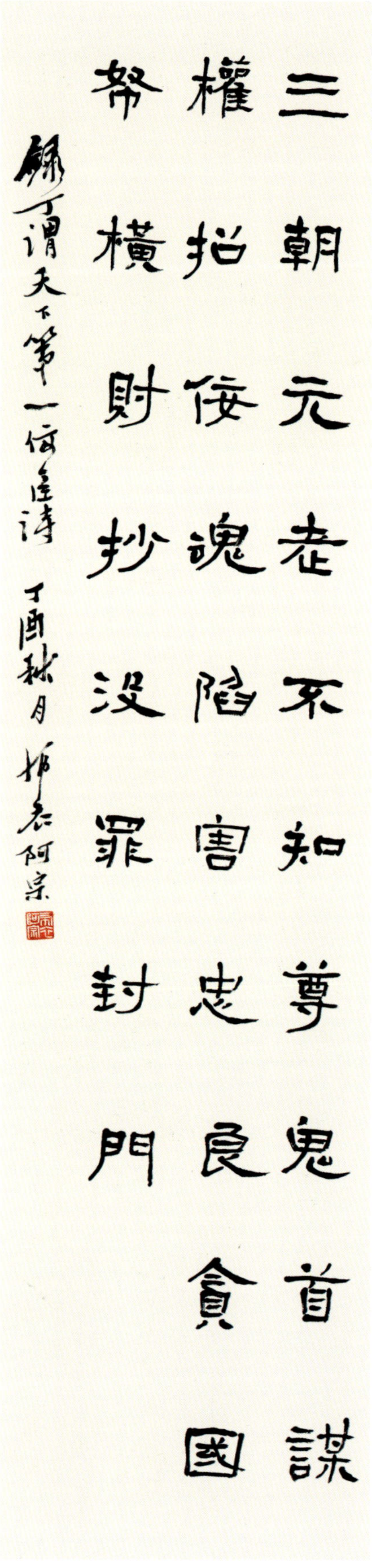

北宋苏州两重臣二首　其二

“天下第一佞臣”丁谓[1]

作／吕守经

书／夏　伟

三朝元老不知尊，鬼首谋权招佞魂。

陷害忠良贪国帑，横财抄没罪封门。

注：

1. 丁谓（966—1037），字谓之，后更字公言，宋苏州人，官至宰相。其人机敏智谋，多才多艺，曾被誉为“今日之巨儒”。后来为了权力变得邪佞狡诈，被斥为“奸邪之臣”，他与王钦若等四人合称为“五鬼”，而其为“五鬼”之首，即当时“天下第一佞臣”。因作恶太多最后被罢相，抄没家产时，搜得各地贿赂物品不可胜记，堆积如山，震动大宋朝野。

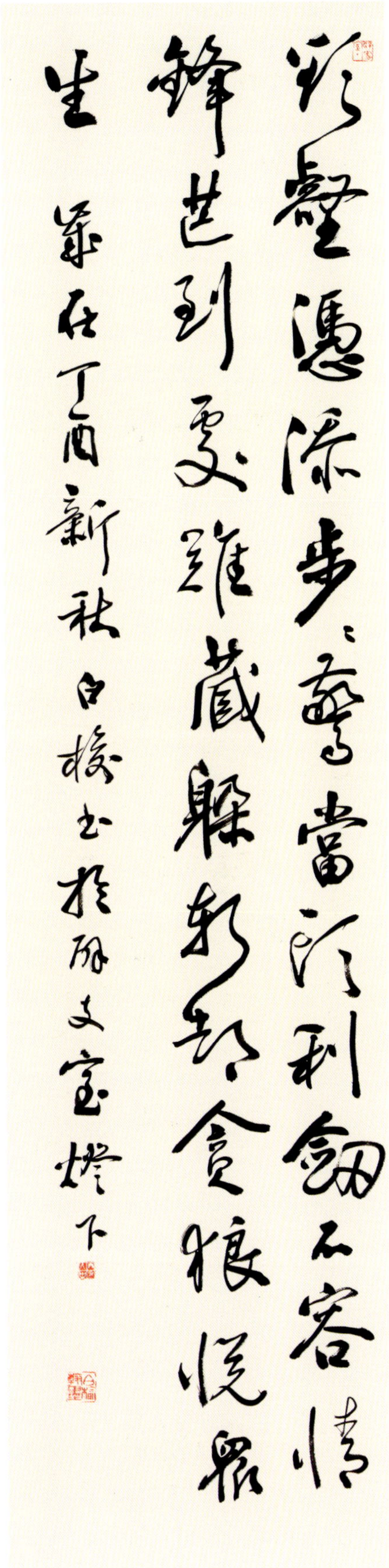

反腐倡廉三境界　其一

不敢腐

作／朱　宏

书／汪鸣峰

欲壑凭添步步惊，

当头利剑不容情。

锋芒到处难藏躲，

斩却贪狼悦众生。

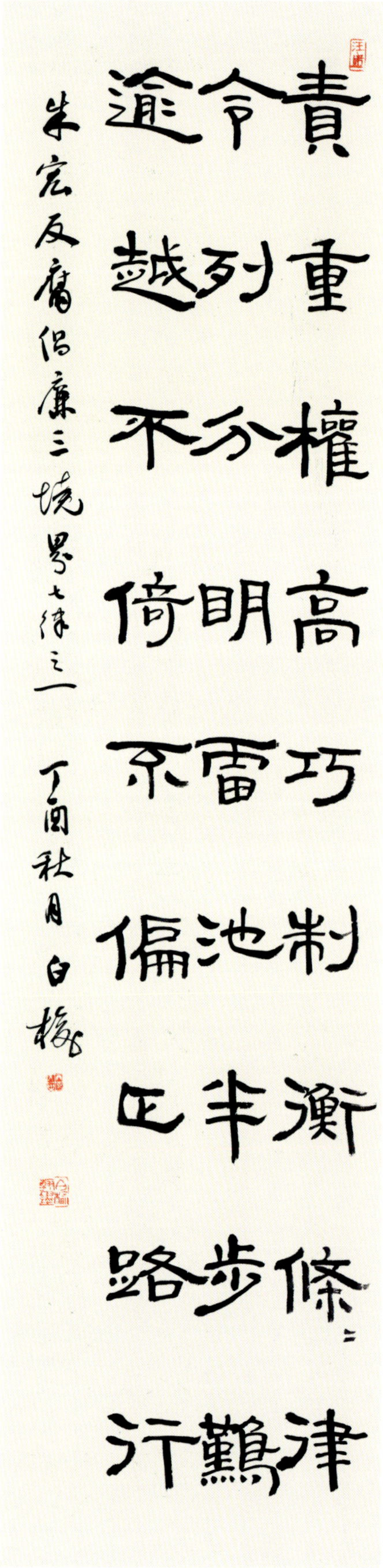

反腐倡廉三境界　其二

不能腐

作／朱　宏

书／汪鸣峰

责重权高巧制衡，

条条律令列分明。

雷池半步难逾越，

不倚不偏正路行。

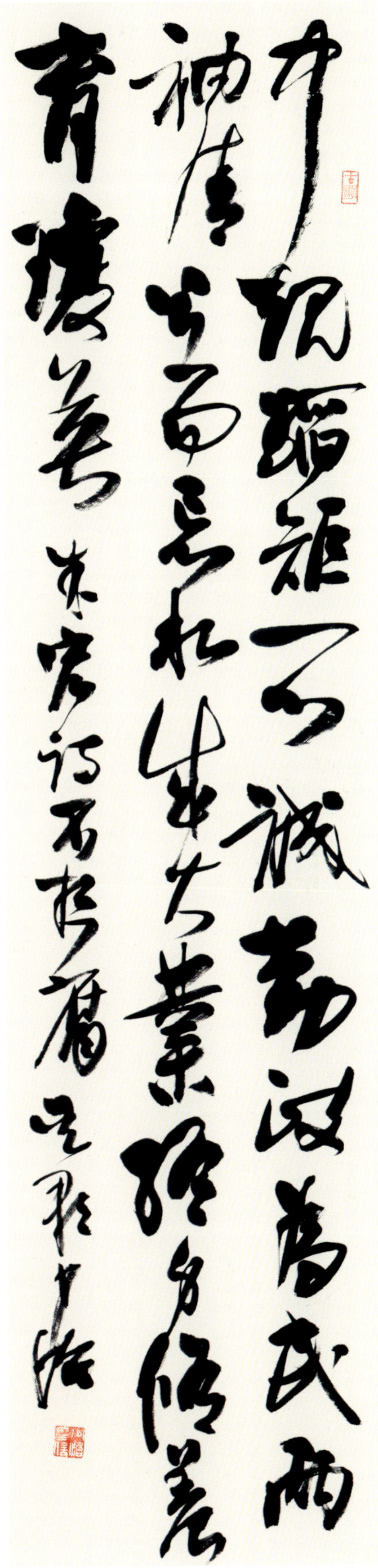

反腐倡廉三境界　其三

不想腐

作／朱　宏

书／张少怡

中规蹈矩一心诚，

勤政为民两袖清。

公而忘私成大业，

终身修养育琼英。

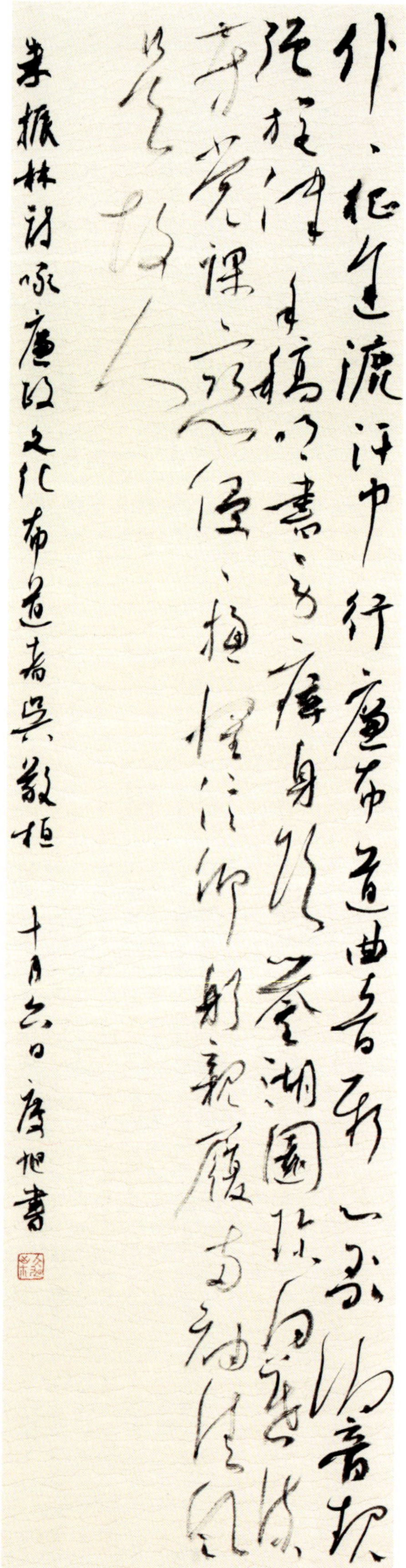

咏廉政文化“布道者”吴敬桓

作／朱振林

书／庆　旭

仆仆征途漉汗巾，行廉布道曲音新。

心歌响咏强旋律，手稿明书劳瘁身。

饮誉湖园珍向暮，流芳党课恋侵晨。

摅怀信仰躬亲履，两袖清风是故人。

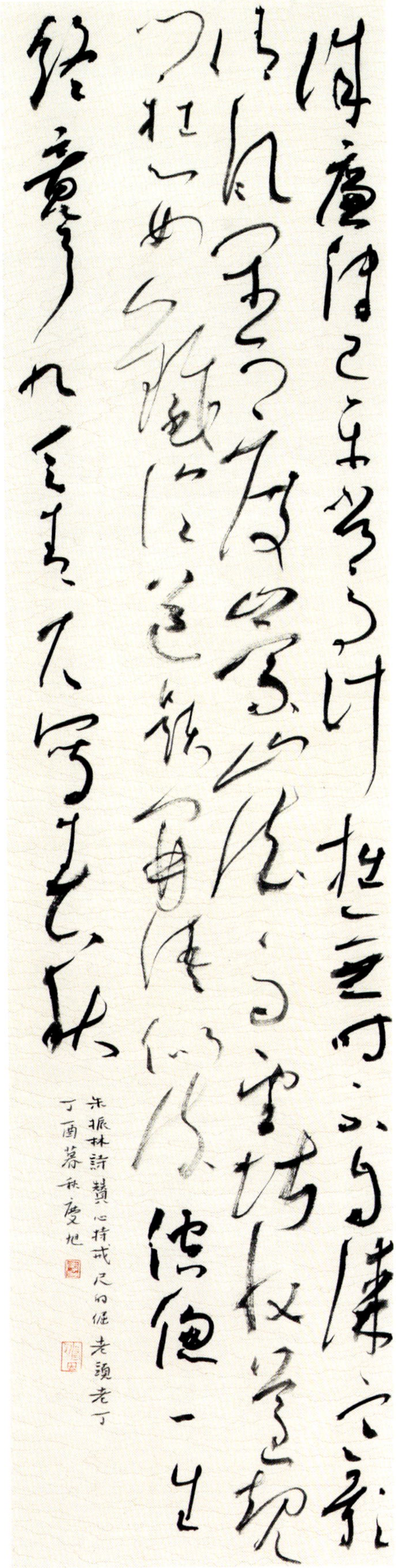

赞心持戒尺的倔老头老丁

作／朱振林

书／庆　旭

诚廉律己平常事，计拙无时不自谋。

寒影清风闲可度，崇山法雨望堪收。

遵规门杜心如铁，论道题开语似流。

倥偬一生终竟了，九天青史写春秋。

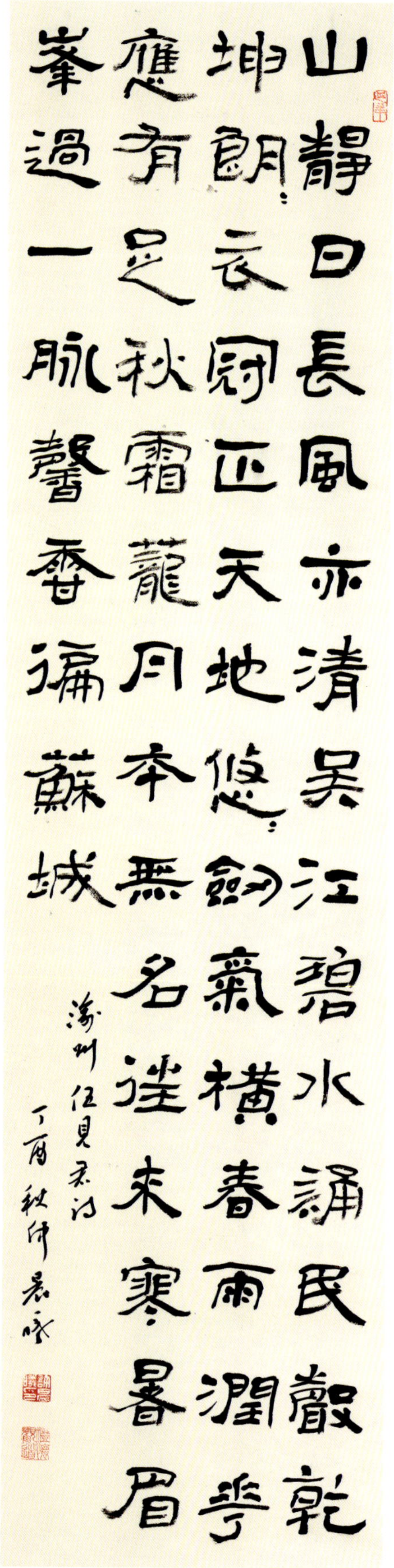

一脉清风

作 / 伍见君

书 / 许晨曦

山静日长风亦清，吴江碧水诵民声。

乾坤朗朗衣冠正，天地悠悠剑气横。

春雨润花应有足，秋霜笼月本无名。

往来寒暑眉峰过，一脉馨香遍古城。

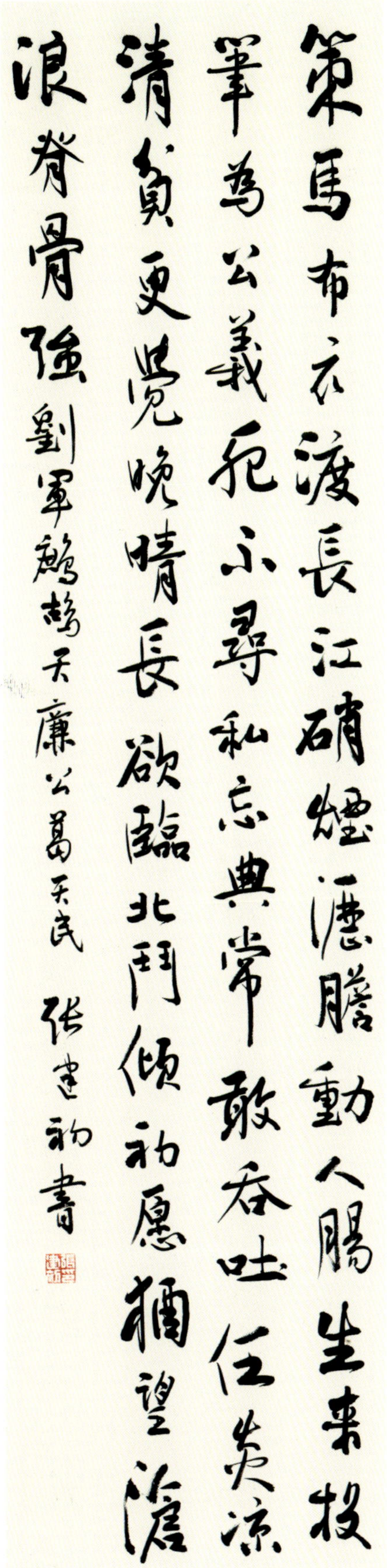

鹧鸪天·廉公葛天民[1]

作／刘　军

书／张建初

策马布衣渡长江，硝烟沥胆动人肠。生来投笔为公义，死不寻私忘典常。

敢吞吐，任炎凉，清贫更觉晚晴长。欲临北斗倾初愿，犹望沧浪脊骨强。

注：

1. 葛天民（1921年—2017年），如皋人。1942年参加革命。抗战期间历任班长、排长、连长、指导员、教导员，荣立三等功。1945至1949年，参加苏中七战七捷、莱芜战役、淮海战役、渡江战役。1949年后来太仓工作，先后担任区长、科长、县委宣传部长。1958年被错划右派，1979年平反改正，恢复工作。先后任县中医院院长、县委党校专职副校长。1983年离休。晚年热心诗词创作，创办沧江吟社，出版《娄声》诗刊，担任太仓诗社社长20多年。

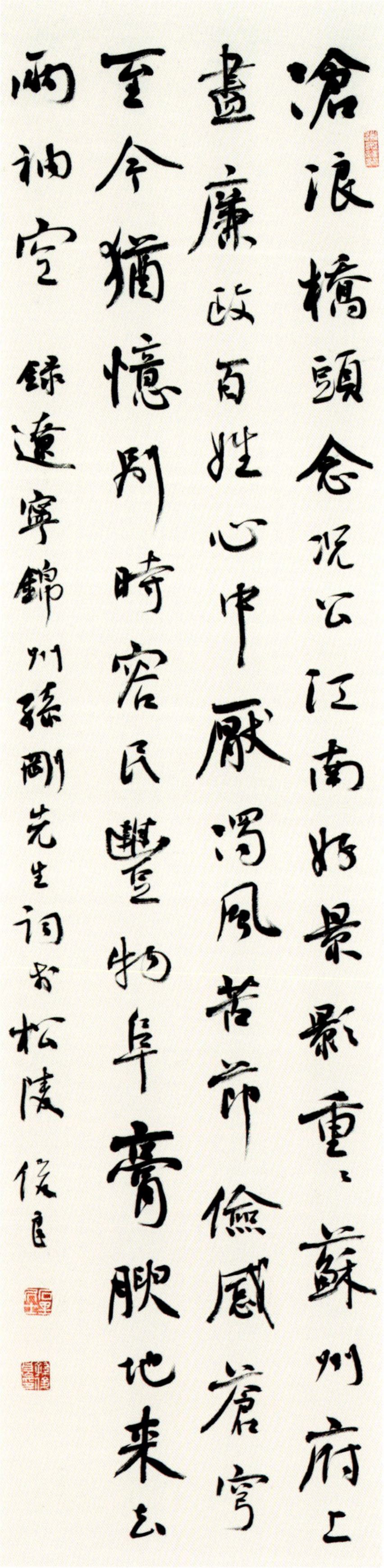

鹧鸪天·谒况公祠

作／孙　刚

书／孙俊良

沧浪桥头念况公，江南好景影重重。苏州府上尽廉政，百姓心中厌浊风。

苦节俭，感苍穹，至今犹忆别时容。民丰物阜膏腴地，来去一身两袖空。

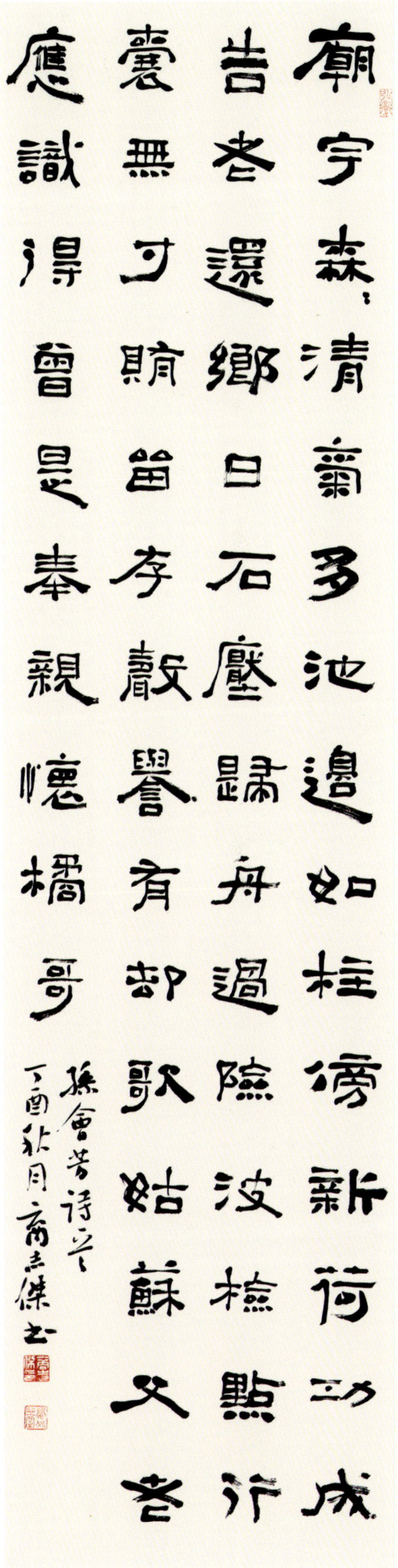

苏州文庙见廉石有感

作 / 孙会芳

书 / 裔志杰

庙宇森森清气多，池边如柱傍新荷。

功成告老还乡日，石压归舟过险波。

检点行囊无寸贿，存留声誉有村歌。

姑苏父老应识得，曾是奉亲怀橘哥。

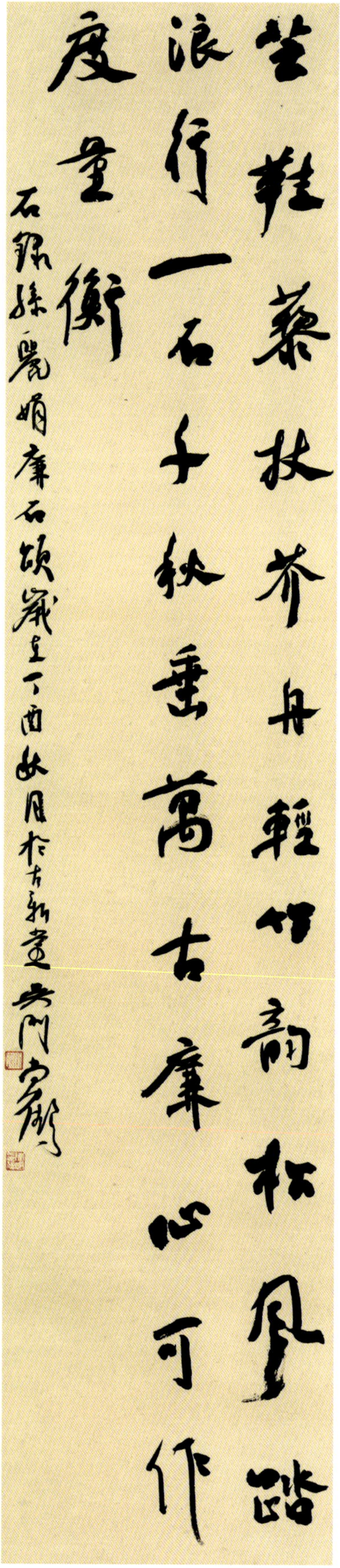

廉石颂

作 / 孙丽娟

书 / 陈　宇

芒鞋藜杖芥舟轻，竹韵松风踏浪行。

一石千秋垂万古，廉心可作度量衡。

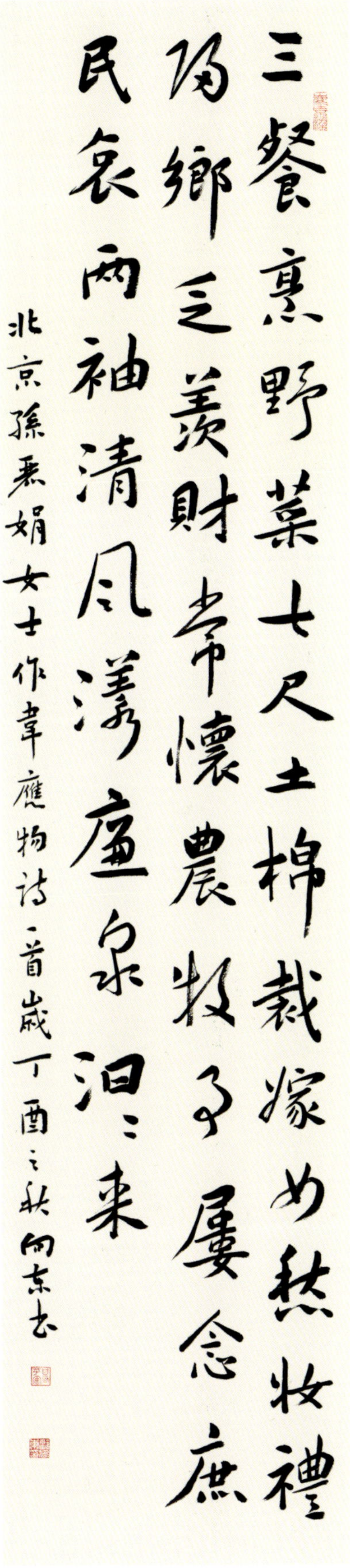

韦应物

作 / 孙丽娟

书 / 郭向东

三餐烹野菜，七尺土棉裁。

嫁女愁妆礼，归乡乏羡财。

常怀农牧事，屡念庶民哀。

两袖清风漾，廉泉汩汩来。

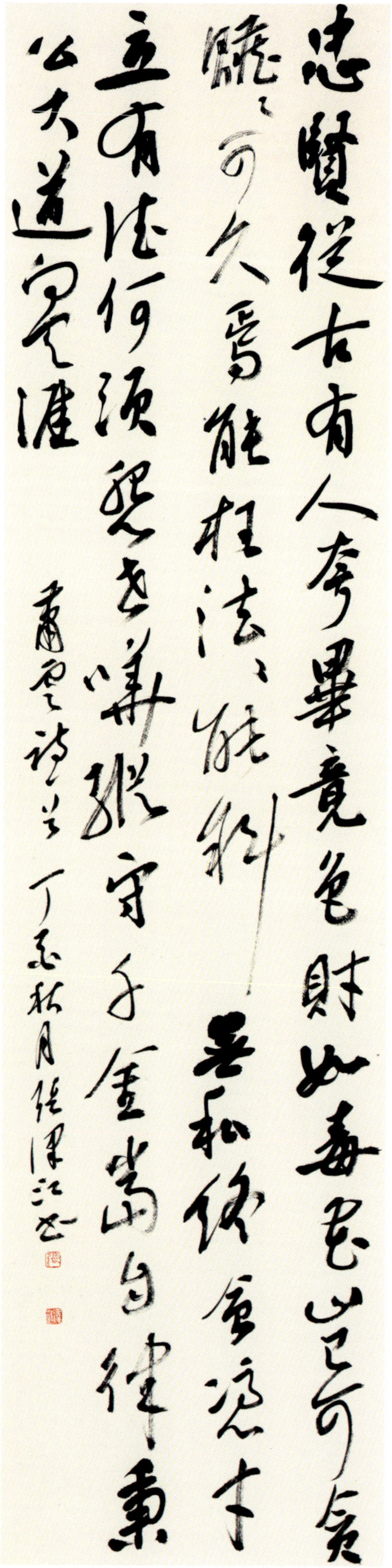

咏廉政

作／肖　云

书／张泽江

忠贤从古有人夸，毕竟色财如毒花。

岂可贪赃赃可久，焉能枉法法能斜。

无私终会凭才立，有德何须怨世哗。

纵守千金当自律，秉公大道向天涯。

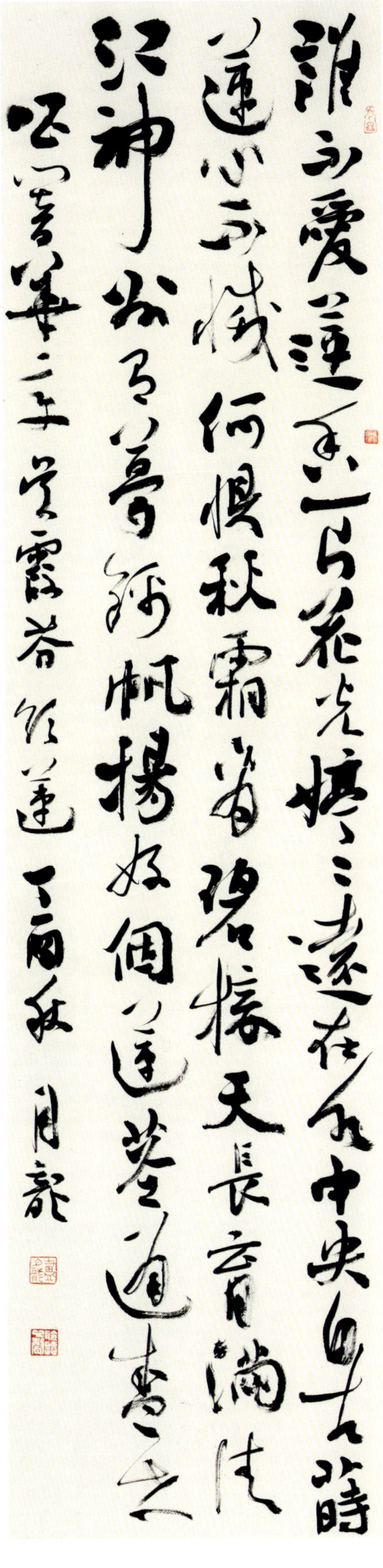

浪淘沙·颂莲

作／吴霞芬

书／卢月龙

谁不爱莲香，一片花光。婷婷远在水中央。自古莳莲心不灭，何惧秋霜。

看碧接天长，育满清江。神州有梦锦帆扬。好个莲茎通盛世，唱响华章。

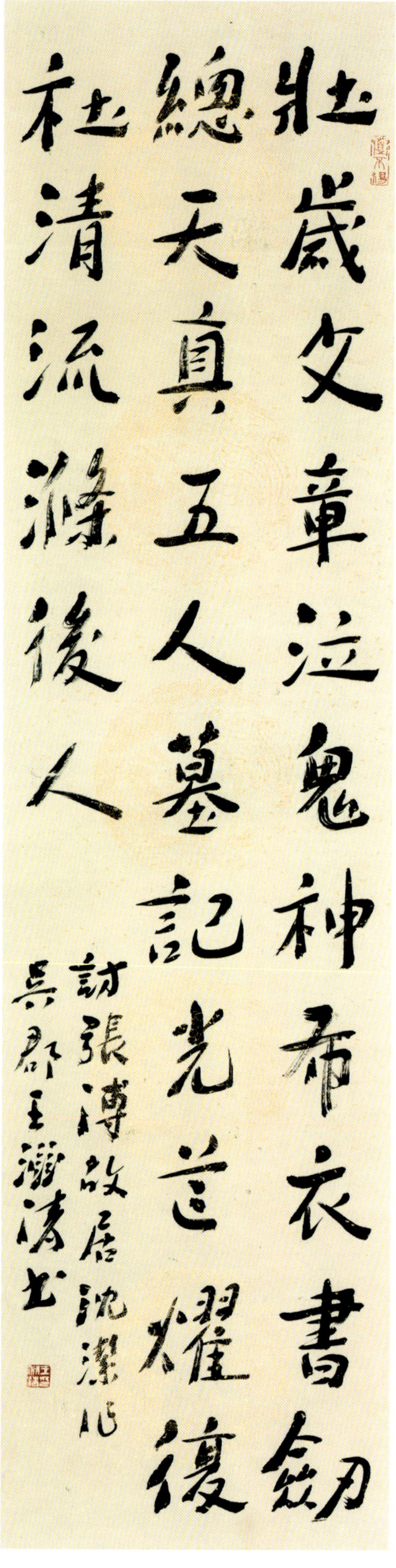

访张溥故居

作／沈　洁

书／王渊清

壮岁文章泣鬼神，布衣书剑总天真。

五人墓记光芒耀，复社清流涤后人。

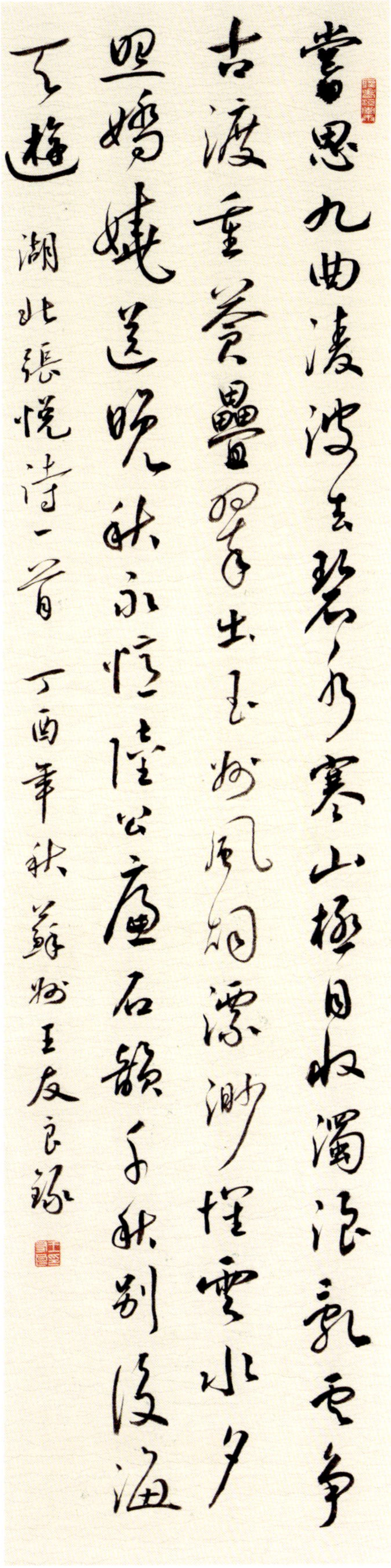

陆绩廉石感赋

作／张　悦

书／王友良

尝思九曲凌波去，碧水寒山极目收。

浊浪乱云争古渡，重苍叠翠出玉州。

风烟漂渺怀云水，夕照娇娆送晚秋。

永忆陆公廉石韵，千秋别后海天游。

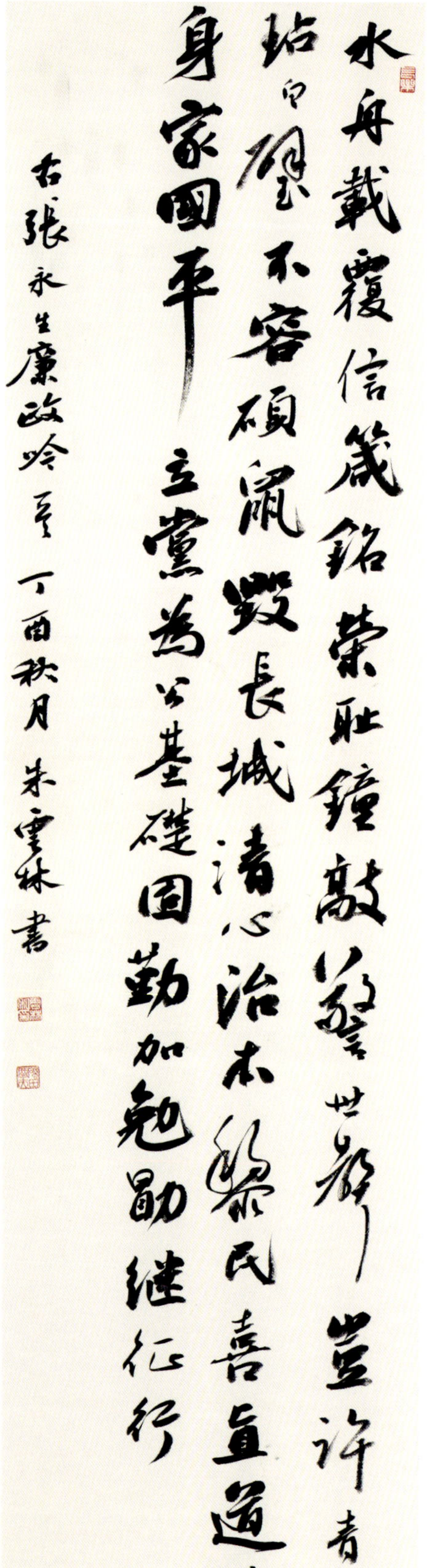

廉政吟二首　其一

作 / 张永生

书 / 朱云林

水舟载覆信箴铭，荣耻钟敲警世声。

岂许青蝇玷白璧，不容硕鼠毁长城。

清心治本黎民喜，直道谋身家国平。

立党为公基础固，勤加勉勖继征行。

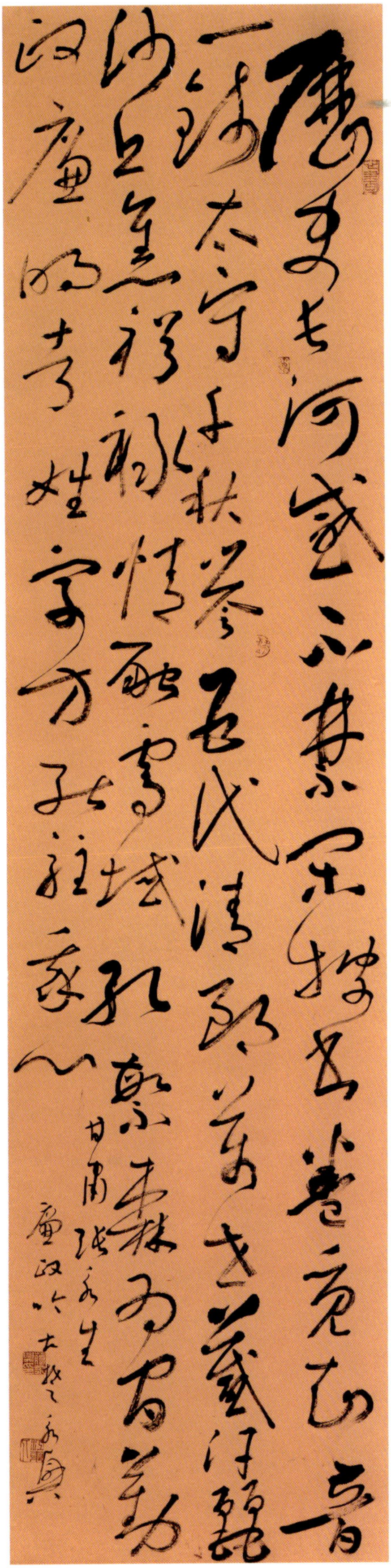

廉政吟二首　其二

作 / 张永生

书 / 蔡永兴

历史长河感不禁，闲披书卷觅知音。

一钱太守千秋誉，五代清郎万世箴。

汗洒沙丘焦裕禄，情融雪域孔繁森。

为官勤政廉明者，姓字方能驻我心。

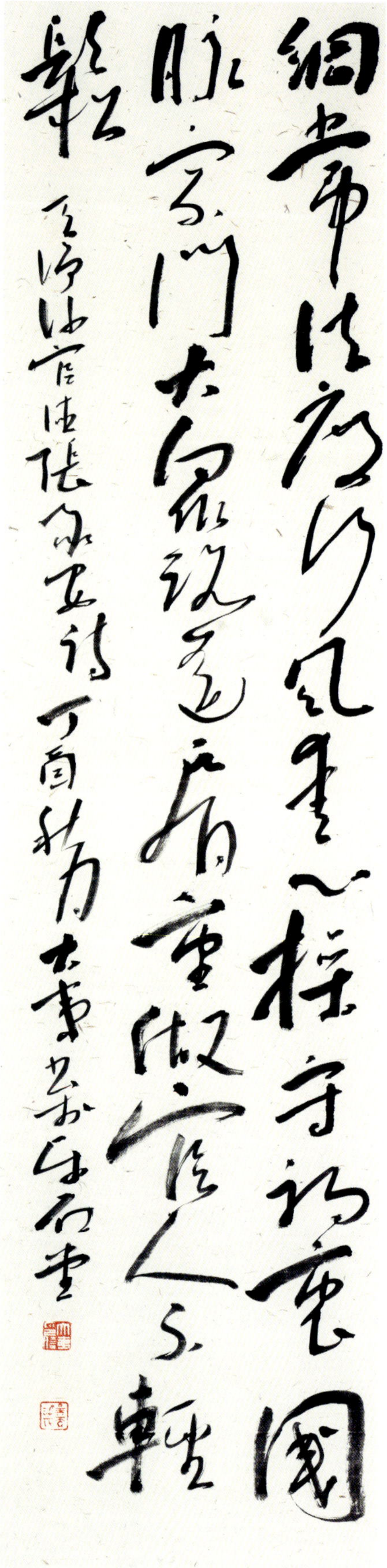

天净沙·官德

作 / 张承安

书 / 王建平

纲常法度行风，爱心操守初衷。国脉家门大众，路遥肩重。做官人不轻松。

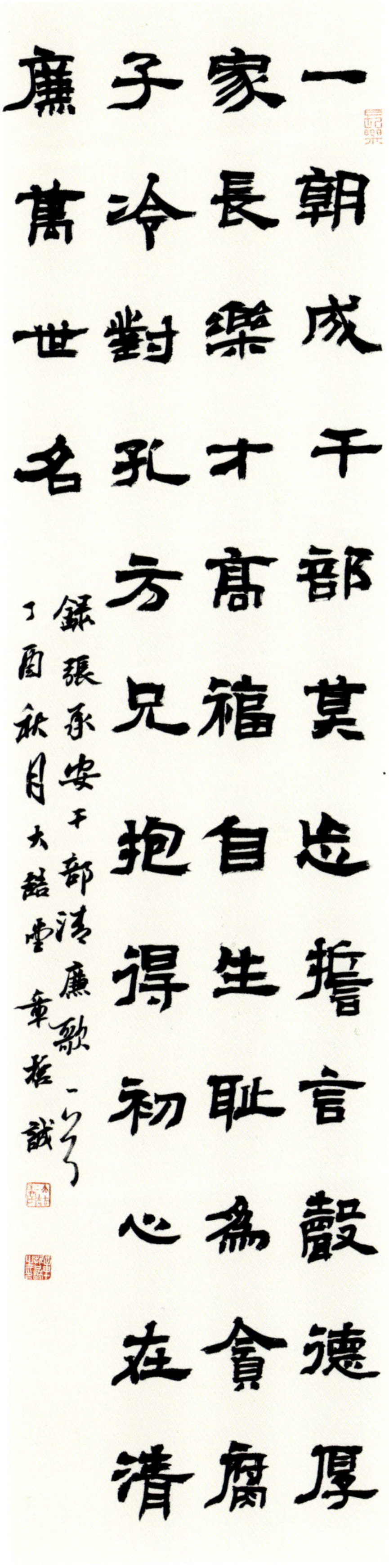

干部清廉歌

作 / 张承安

书 / 章哲诚

一朝成干部，莫忘誓言声。

德厚家长乐，才高福自生。

耻为贪腐子，冷对孔方兄。

抱得初心在，清廉万世名。

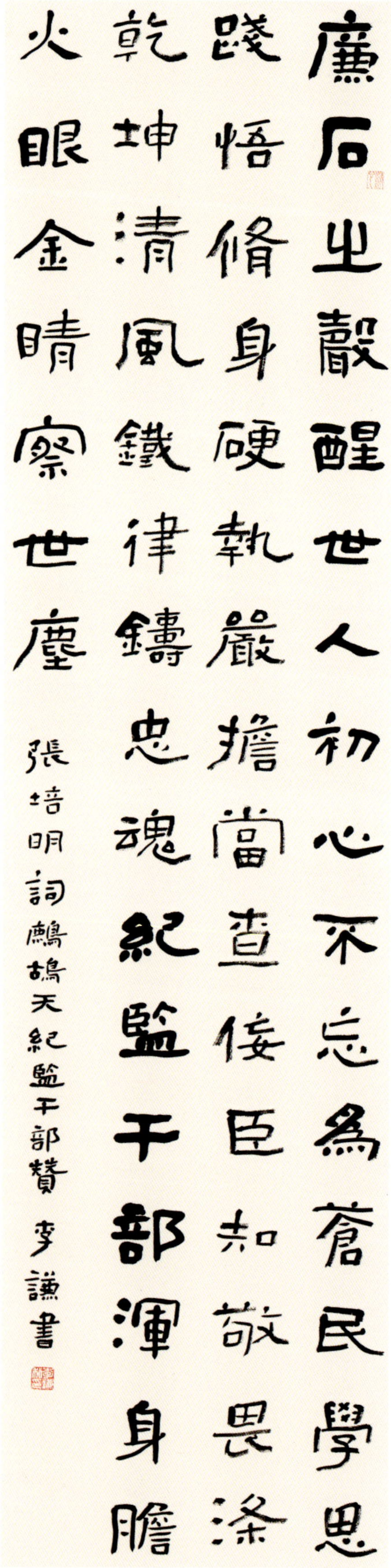

鹧鸪天·纪监干部赞

作／张培明

书／李　谦

廉石之声醒世人，初心不忘为苍民。学思践悟修身硬，执严担当查佞臣。

知敬畏，涤乾坤，清风铁律铸忠魂。纪监干部浑身胆，火眼金睛察世尘。

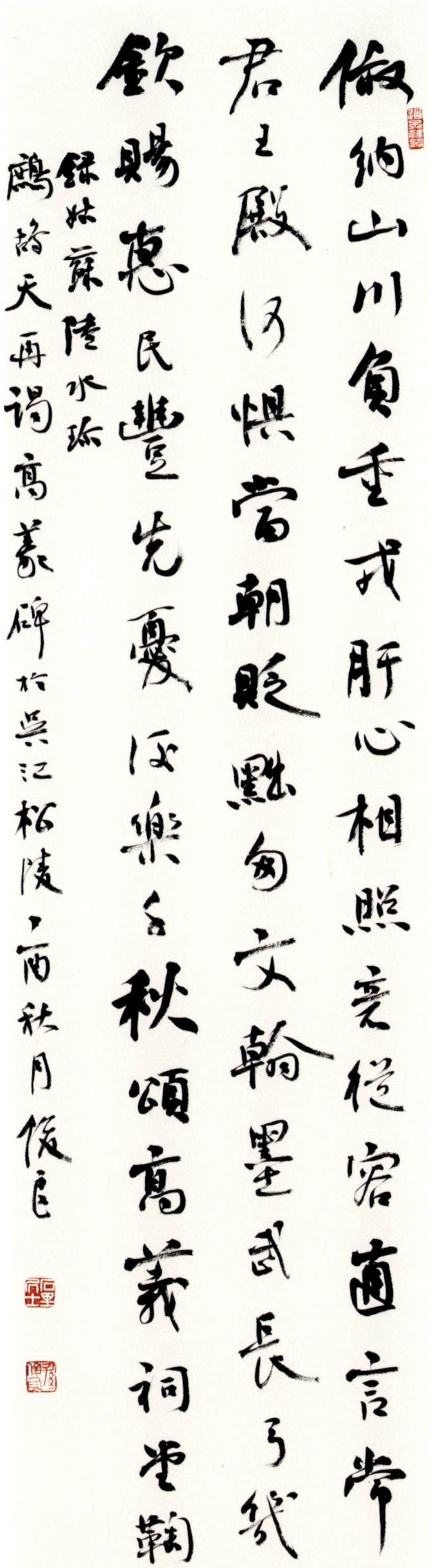

鹧鸪天·再谒高义碑

作／陆水珍

书／孙俊良

假纳山川负重戎，肝心相照意从容。直言常奏君王殿，何惧当朝贬黜匆。

文翰墨，武长弓，几将钦赐惠民丰。先忧后乐千秋颂，高义祠堂鞠一躬。

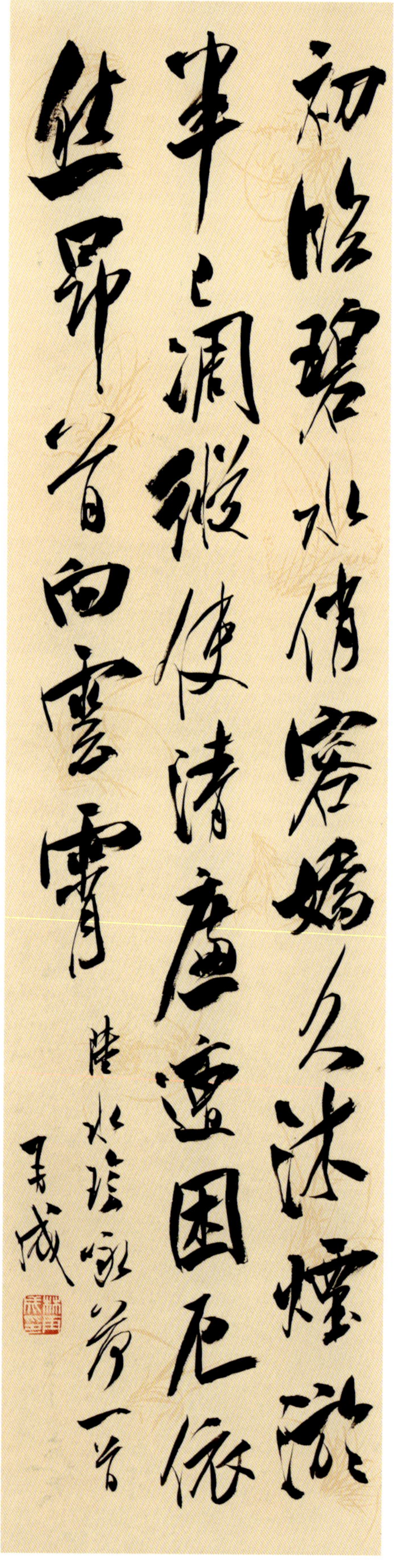

咏荷

作 / 陆水珍

书 / 林再成

初临碧水俏容娇，久沐烟淤半已凋。

纵使清廉遭困厄，依然昂首向云霄。

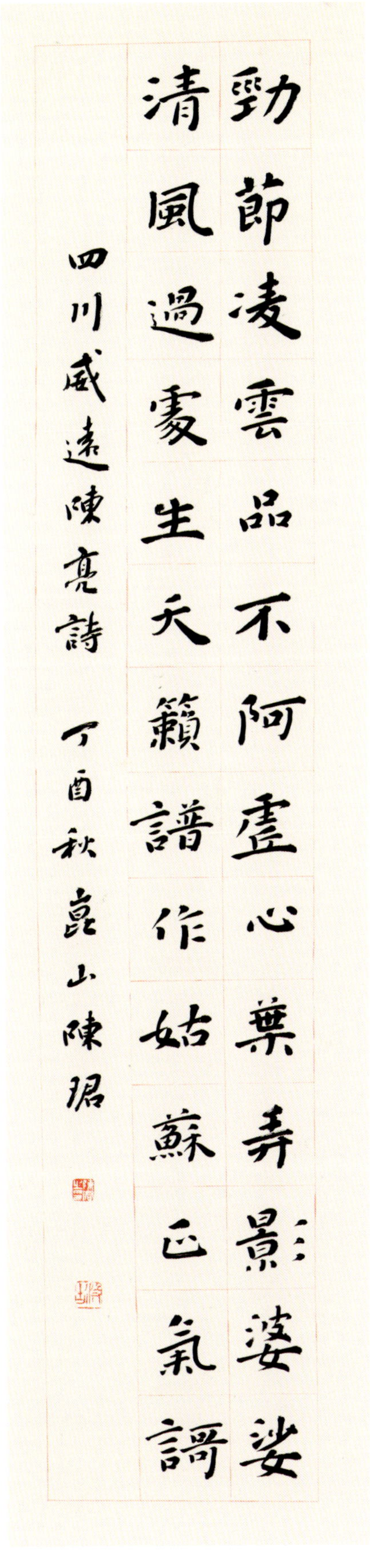

听竹

作／陈　亮

书／陈凤珍

劲节凌云品不阿，虚心叶弄影婆娑。

清风过处生天籁，谱作姑苏正气歌。

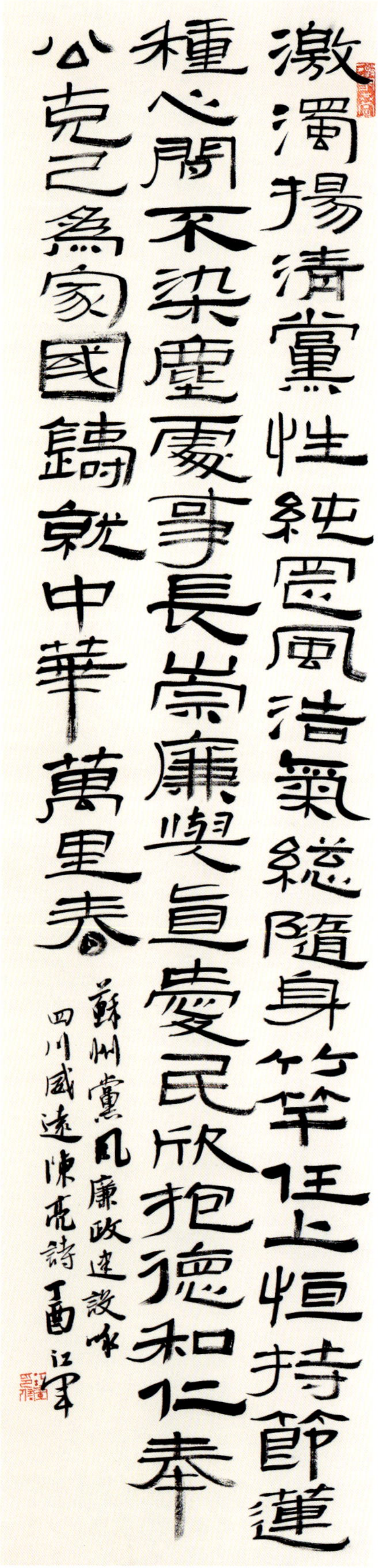

咏苏州党风廉政建设

作 / 陈　亮

书 / 江　军

激浊扬清党性纯，罡风[1]浩气总随身。

竹竿任上恒持节，莲种心间不染尘。

处事长崇廉与直，爱民欣抱德和仁。

奉公克己为家国，铸就中华万里春。

注：

1. **罡风**　具有极高正气的风。

沁园春·反腐倡廉

作／陈建中

书／蔡永兴

利剑高悬，魑魅形遁，魍魉舞休。看鲸吞国有，弄权饕餮；蚕食民用，匿迹貔貅[1]。恶虎苍蝇，妖狐狡兔，海北天南一网收。申纲纪，纵位高权重，落马成因。

利因社稷而谋，患为我苍生劳苦忧。把海公[2]看了，舍身取义；包阎[3]读遍，嫉恶如仇。得失人生，辱荣廉耻，皆作清浊泾渭流。须慎也，若握权贪欲，令誉难求。

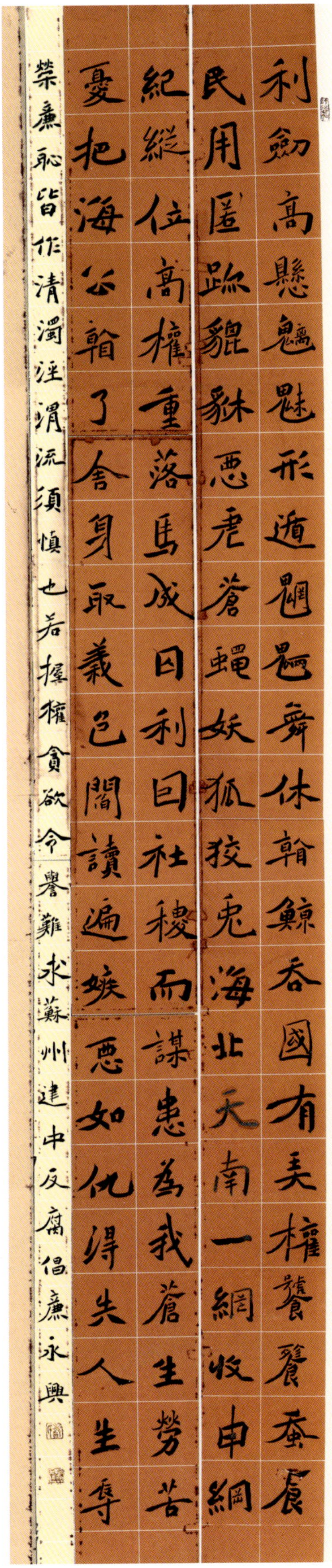

注：

1. **貔貅**　此处取只进不出的贪婪猛兽之意，喻指贪婪凶恶之人。
2. **海公**　指海瑞。
3. **包阎**　指包拯。

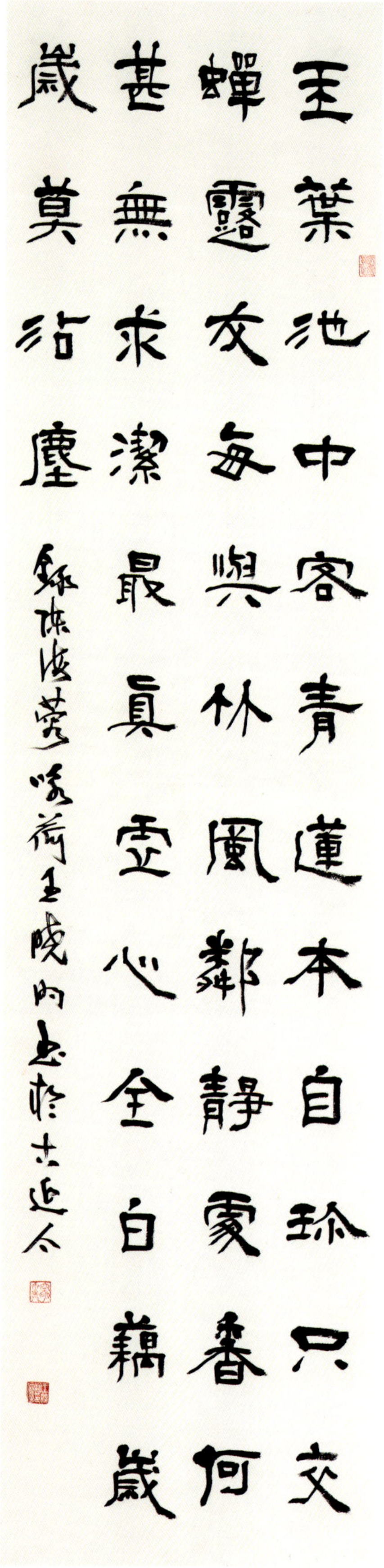

咏荷

作 / 陈海蓉

书 / 王晓明

玉叶池中客，青莲本自珍。

只交蝉露友，每与竹风邻。

静处香何甚，无求洁最真。

虚心全白藕，岁岁莫沾尘。

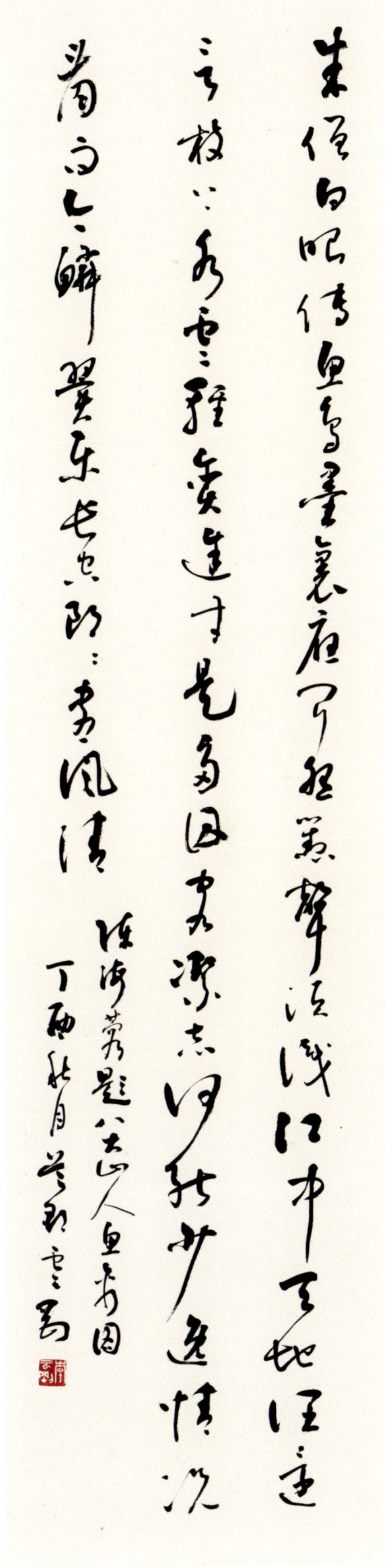

题朱耷《鱼禽图》

作／陈海蓉

书／李云刚

朱僧白眼传鱼鸟，墨里应闻怨怼声。

须识江中天地阔，还言枝上水云轻。

贪途才是多囚客，洁志何能少逸情。

况看而今鳞翼乐，长空朗朗尽风清。

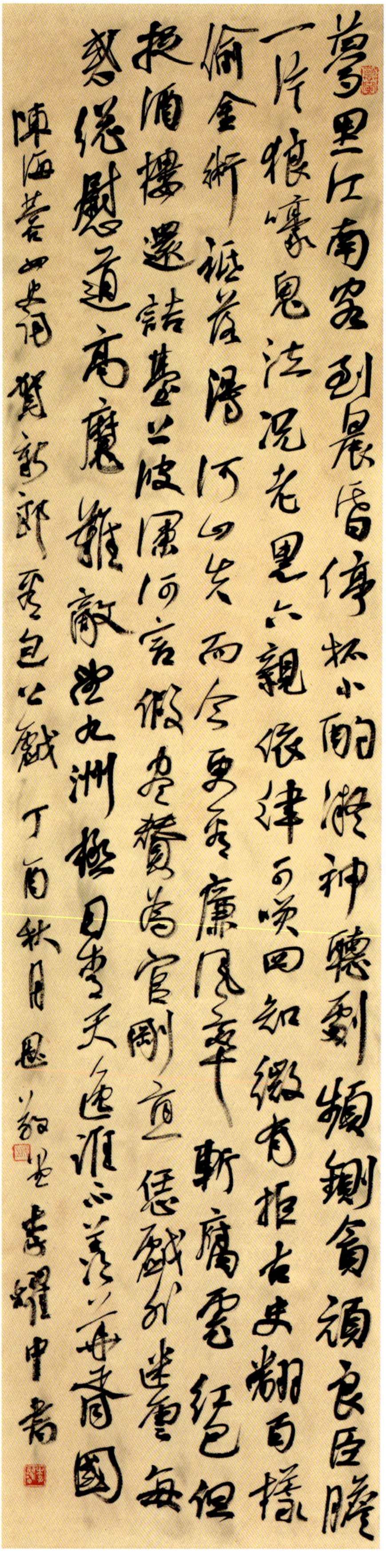

贺新郎·看包公戏

作／陈海蓉

书／李耀中

梦里江南客，到晨昏停杯小酌，凝神听剧。频铡贪顽良臣胆，一片狼嚎鬼泣。况老黑六亲依律。可笑四知微有拒，古史翻百样偷金术。只落得，河山失。

而今更看廉风率。斩腐虎红包但捉，酒楼还诘。台上波澜何言假，尽赞为官刚直。恁戏外迷云每惑。总慰道高魔难敌，望九洲极目青天逸。谁不羡，华胥国。

廉石行

作 / 林长永

书 / 章哲诚

三生花草梦苏城，风物从来嘉且清。

为政以德民不忘，一尘不染官声荣。

郁林太守百代师，少小怀橘人称奇。

远戍掘井除黎瘼，诗书旦暮风俗移。

返乡难舍频回顾，风高浪急无由渡。

幸赖南国一片石，万里追随殷勤护。

非英非昆比圭璋，非瘦非皱透灵光。

亦浑亦璞似金玉，亦质亦直发铿锵。

填海补天运不同，压舱无愧造化功。

石以人重宝爱崇，人因石清懿望隆。

石能可人更育人，传承垂范见精神。

范况海暴[1]标青史，韦白汤翁[2]惠烝民。

廉俭厚德君子节，正义民善民心悦。

忠诚干净复担当，打虎拍蝇踏石铁。

动辄则咎严整饬，肃纪正风驰不息。

玉宇澄清功方成，不负廉石千秋式。

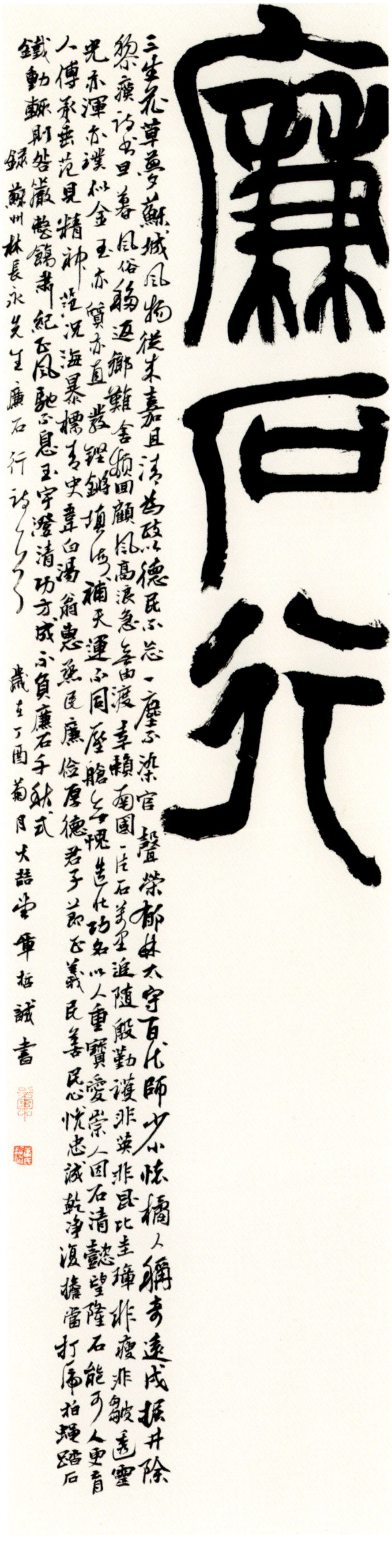

注：

1. **范况海暴**　范仲淹、况钟、海瑞、暴式昭。

2. **韦白汤翁**　韦应物、白居易、汤斌、翁同龢。

咏包公

作 / 林启贤

书 / 王建平

两袖清风扶社稷，一身正气立人间。

千秋应谱清官曲，三铡锄奸意志坚。

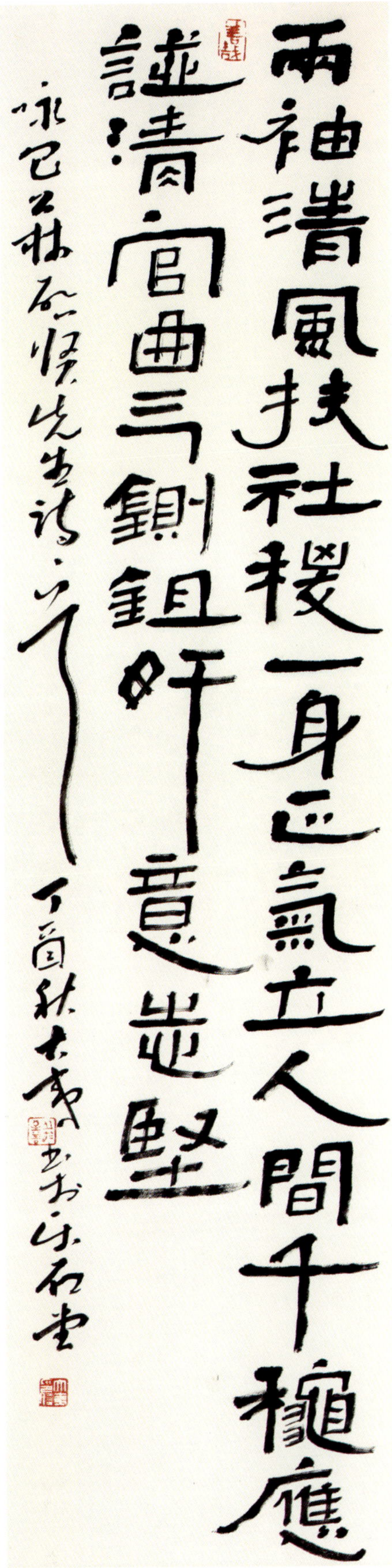
兩袖清風扶社稷一身正氣立人間
千穐應謚清官曲三鍘鉏奸意志堅

天平观枫怀范公文正

作 / 周国明

书 / 王少辉

天平胜迹在霜枫，百亩华林向日红。

矢志生根滋白水，笃行簇叶揽清风。

未期自己浮华结，只为乾坤正气充。

观树思公明一理，廉声本是出深丛。

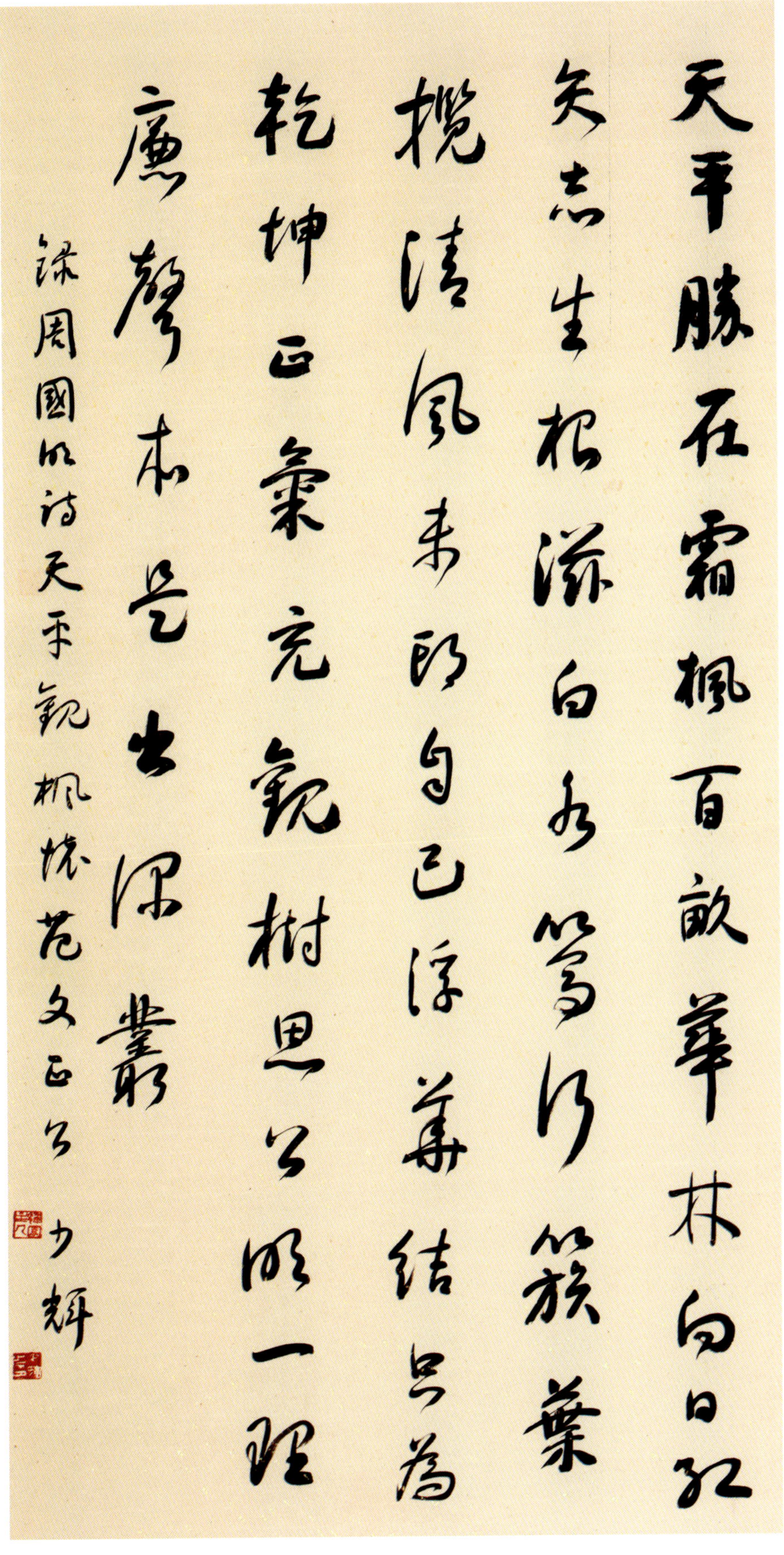
天平勝在霜楓百畝華林向日紅
矢志生根添白發學仍簌葉
攬清風來頭自已浮華結只為
乾坤正氣充觀樹思公明一理
廉聲本是出深叢
錄周國城詩天平觀楓懷范文正公
力輝

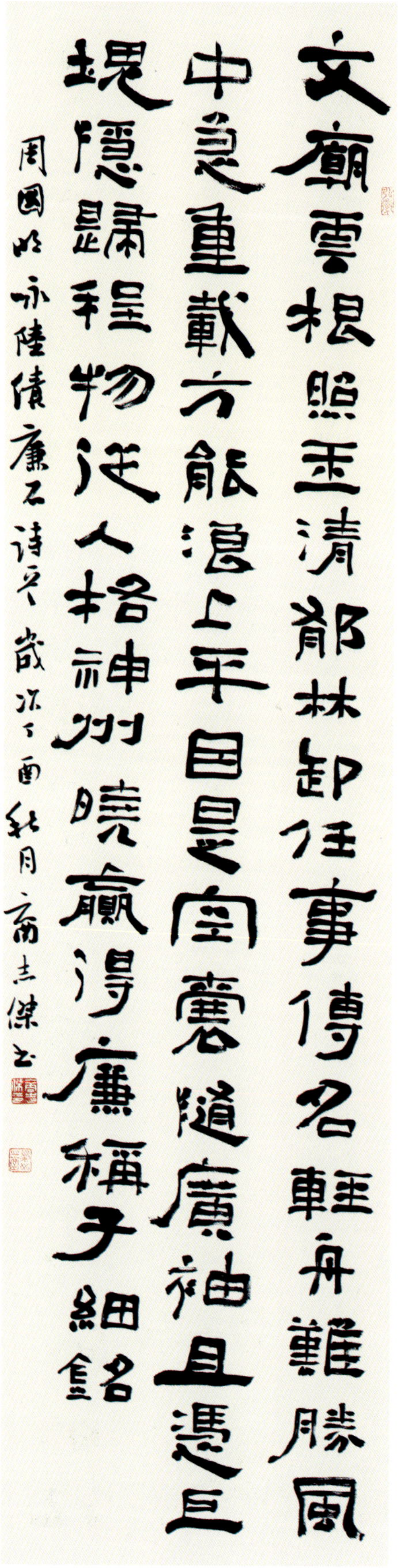

咏陆绩廉石

作 / 周国明

书 / 裔志杰

文庙云根照玉清，郁林卸任事传名。

轻舟难胜风中急，重载方能浪上平。

因是空囊随广袖，且凭巨块稳归程。

物从人格神州晓，赢得廉称子细铭。

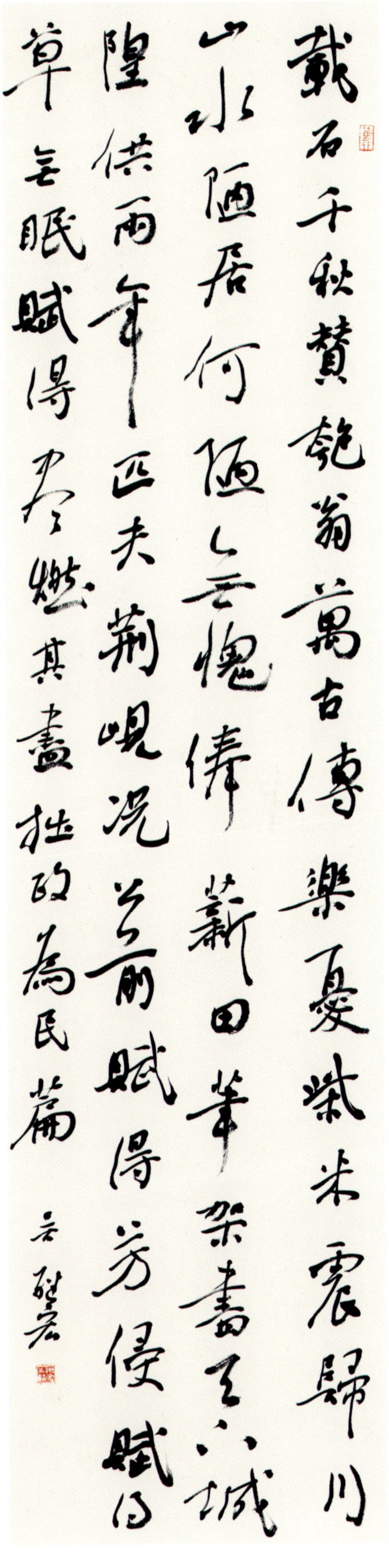

喝火令

作／孟　浩

书／吴继宏

载石千秋赞，匏翁万古传，乐忧柴米震归川。山水陋居何陋，无愧俸薪田。

笔架书天下，城隍供雨年，匹夫荆岘况公前。赋得芳侵，赋得草无眠。赋得尽燃其尽，拙政为民篇。

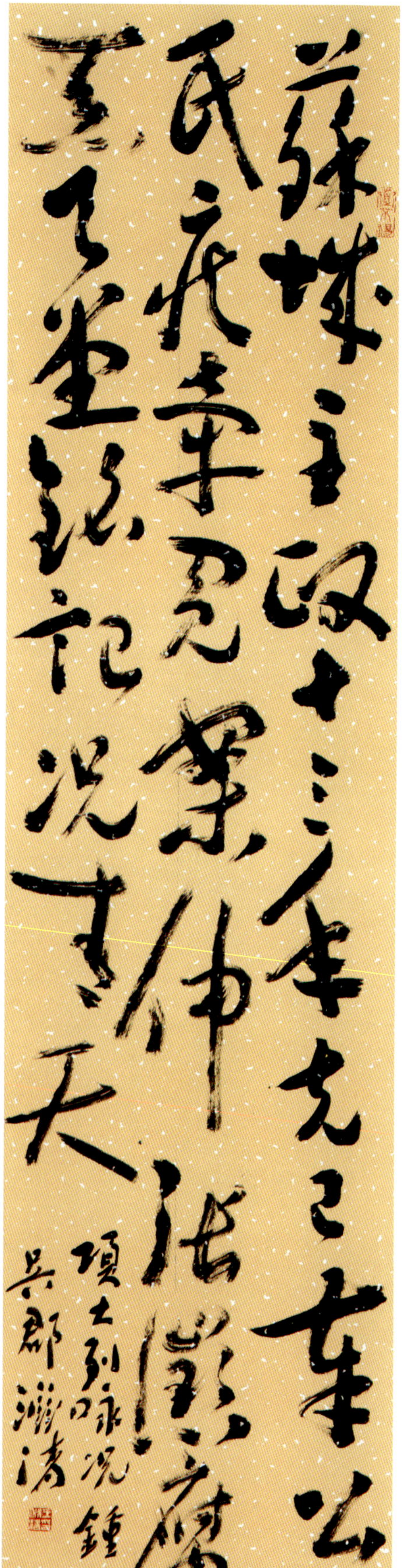

苏州太守况钟

作 / 项大列

书 / 王渊清

苏城主政十三年，克己奉公民疾牵。

冤案伸张惩腐恶，天堂铭记况青天。

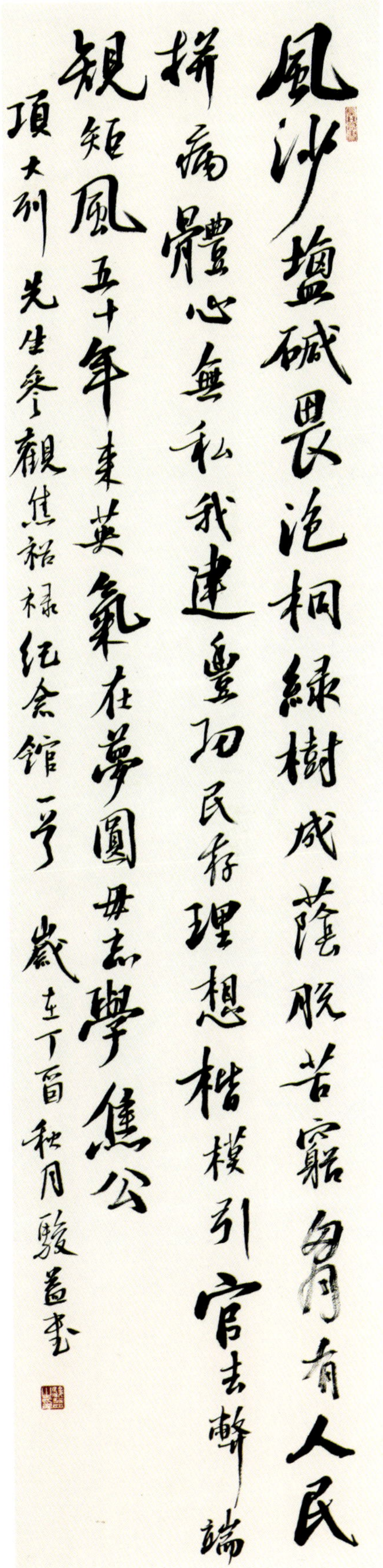

参观焦裕禄纪念馆

作 / 项大列

书 / 朱骏益

风沙盐碱畏泡桐，绿树成荫脱苦穷。

胸有人民拼病体，心无私我建丰功。

民存理想楷模引，官去弊端规矩风。

五十年来英气在，梦圆毋忘学焦公。

两袖清风

作／赵凤玲

书／邢宗仁

清风装两袖，正气满乾坤。

赤胆施仁政，廉明扫弊根。

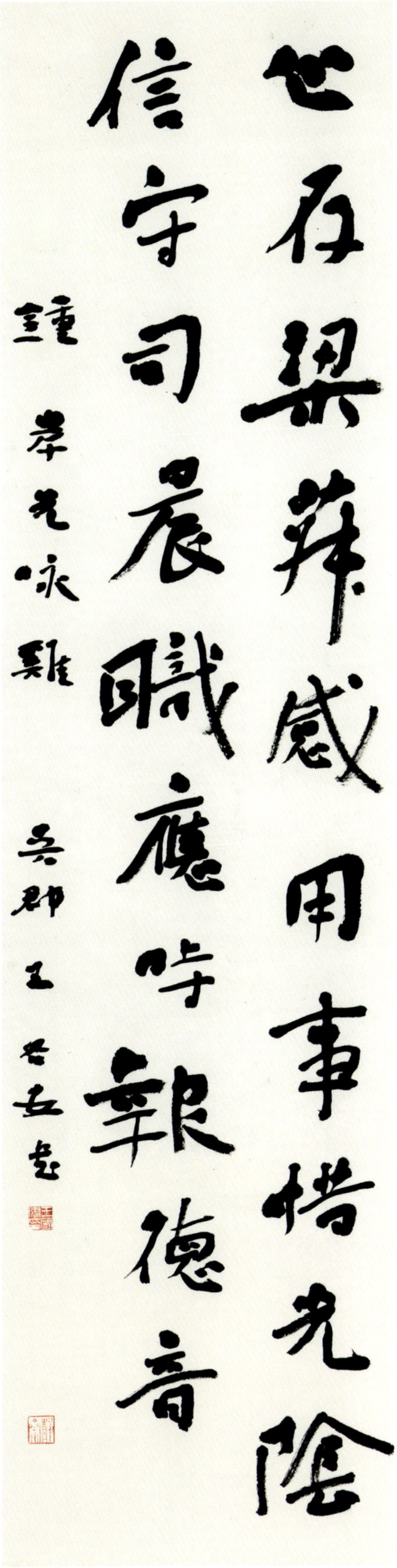

咏鸡

作 / 钟岸先

书 / 王国安

心存粱菽感，用事惜光阴。

信守司晨职，应时报德音。

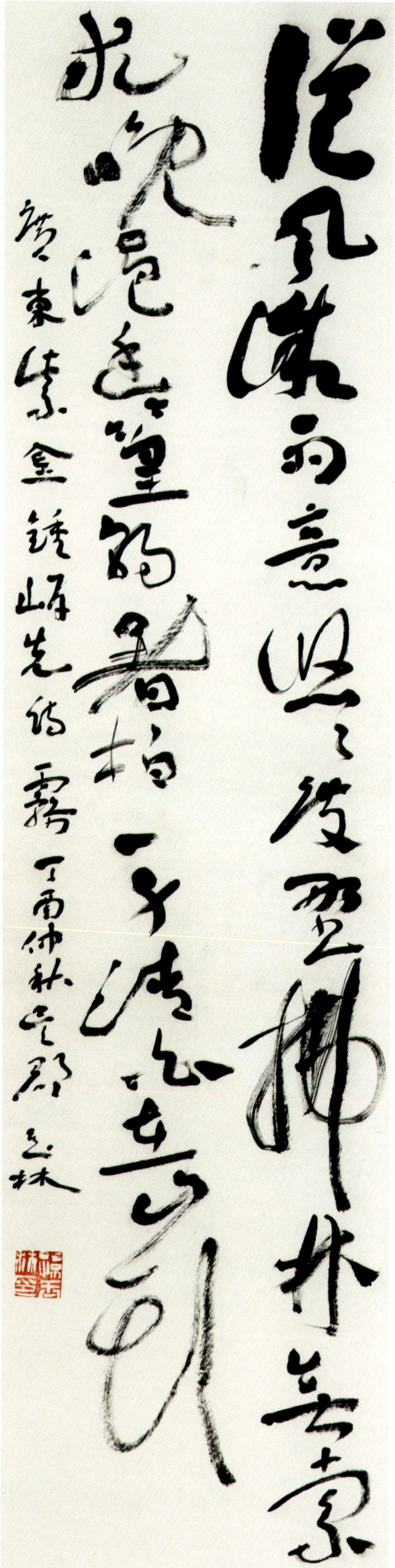

雾

作 / 钟岸先

书 / 孙玉林

从风凝雨意悠悠，度野拂林无素求。

晚浥幽篁朝著柏，一身清白在山头。

修身

作／钟岸先

书／张少怡

尺竹修身能大小，寸砖立地任高低。

清风常伴心头梦，为报春晖甘化泥。

范仲淹

作 / 侯国达

书 / 王少辉

一赋升华忧乐观，饯行夙志勇于前。

轻捐宝地旺文脉，广助乡民置义田。

直谏力图除弊政，辛劳经略苦安边。

清廉自守为家国，亮节高风千古传。

一賦昇華憂樂觀
餘行風志勇於前
輕捐寶地旺文脈
廣助鄉民置義田
直諫力圖除弊政
辛勞经略苦安邊
清廉自守為家國
亮節高風千古傳

錄倪國達詩范仲淹　丁酉仲秋少輝

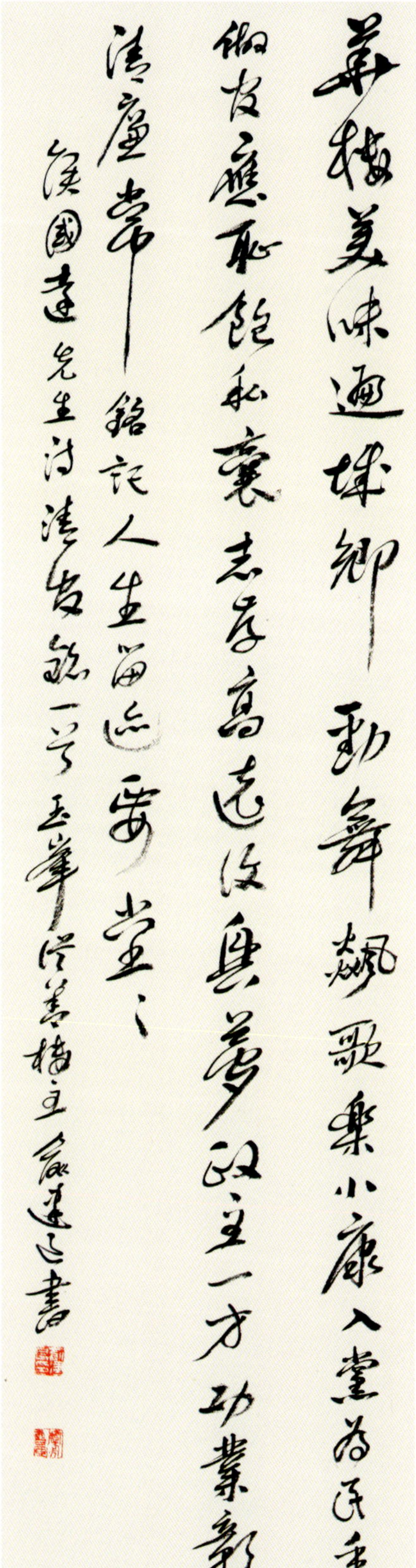

清官铭

作 / 侯国达

书 / 俞建良

华楼美味遍城乡，劲舞飙歌乐小康。

入党为民秉公义，做官应耻饱私囊。

志存高远复兴梦，政主一方功业彰。

操守清廉常铭记，人生留迹要堂堂。

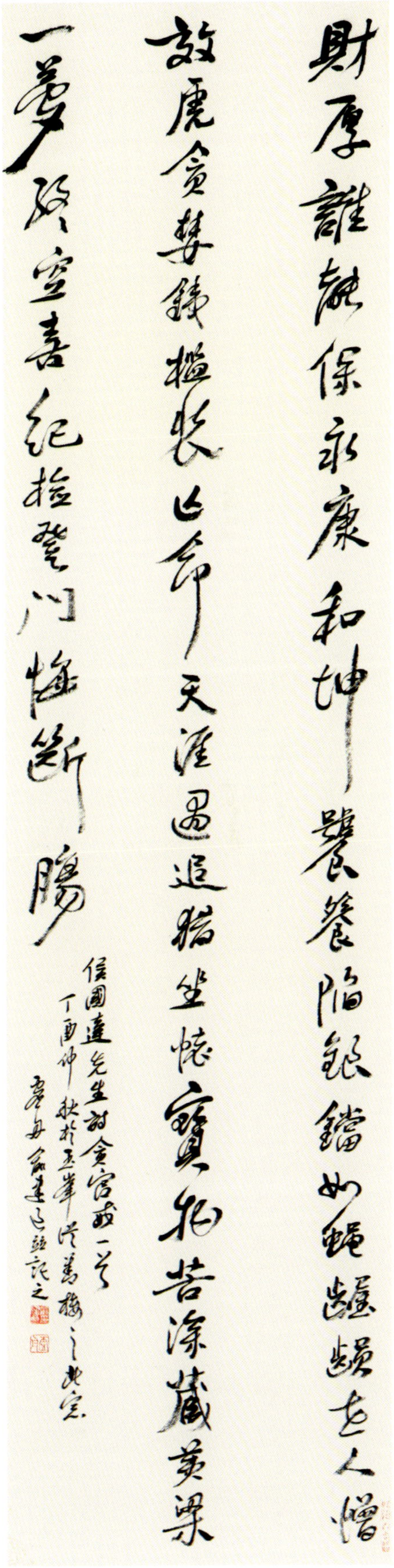

贪官戒

作 / 侯国达

书 / 俞建良

财厚谁能保永康，和坤饕餮陷锒铛。

如蝇龌龊世人憎，效虎贪婪铁槛装。

亡命天涯遇追猎，坐怀宝物苦深藏。

黄粱一梦终空喜，纪检登门悔断肠。

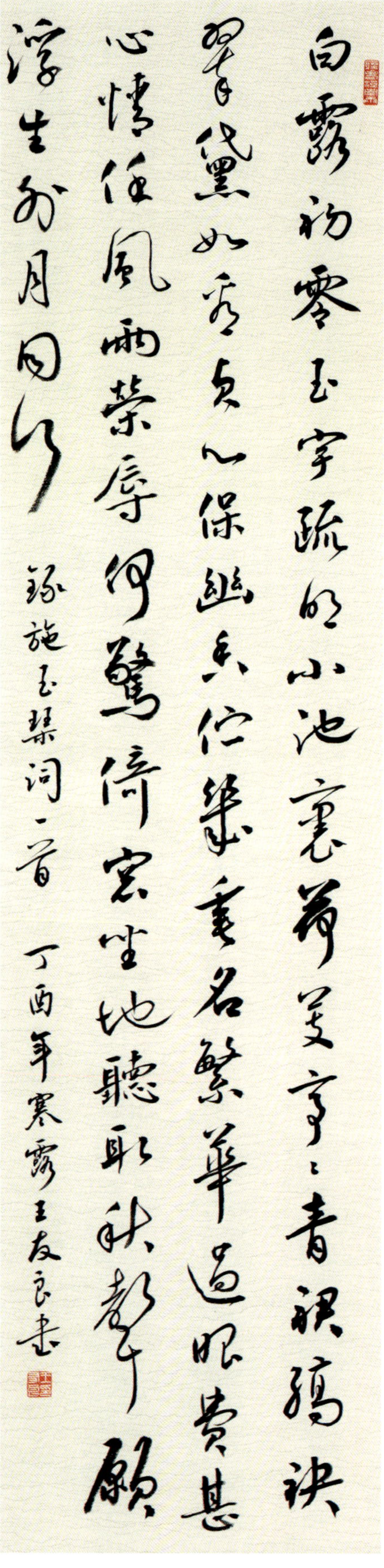

行香子·咏莲

作／施玉琴

书／王友良

白露初零，玉宇疏明。小池里，荷芰亭亭。青裙缟袂，翠黛如屏。看贞心保，幽香伫，几垂名。

繁花过眼，费甚心情。任风雨，荣辱何惊。倚窗坐地，听取秋声。愿浮生外，澧湖畔，月同行。

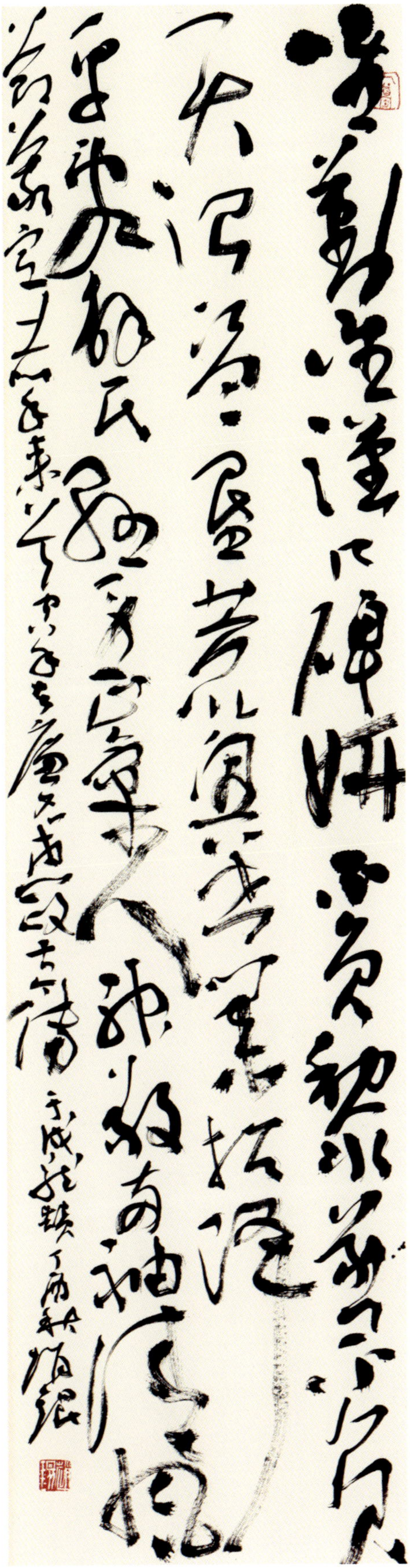

于成龙赞

作／宫松涛

书／赵　锟

唯勤唯谨口碑妍，不负黎烝不负天。

治盗垦荒兴世业，招降平乱解民悬。

一身正气人神敬，两袖清风节义宣。

赤手来兮空手去，廉名惠政古今传。

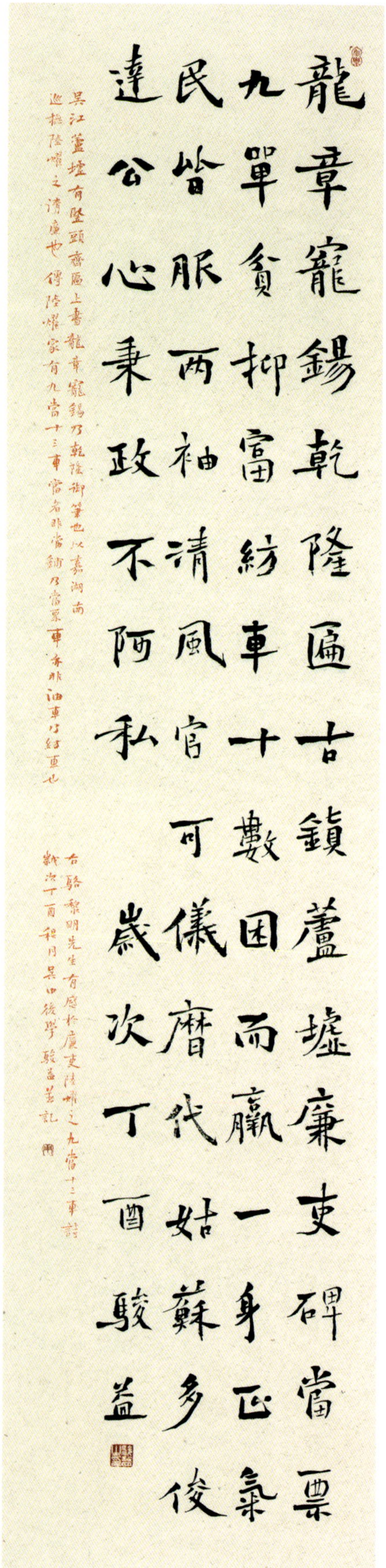

有感于廉吏陆燿之九当十三车

作／骆黎明

书／朱骏益

龙章宠锡乾隆匾[1]，古镇芦墟廉吏碑。

当票九单贫抑富？纺车十数困而赢。

一身正气民皆服，两袖清风官可仪。

历代姑苏多俊达，公心秉政不阿私。

注：

1. 吴江芦墟有竖头斋匾，上书“龙章锡”，乾隆御笔，以嘉湖南巡抚陆燿之清廉。原来，陆燿家有“九当十三车”，“当”非当铺乃当票，“车”非油车（榨油的作坊）是纺车。

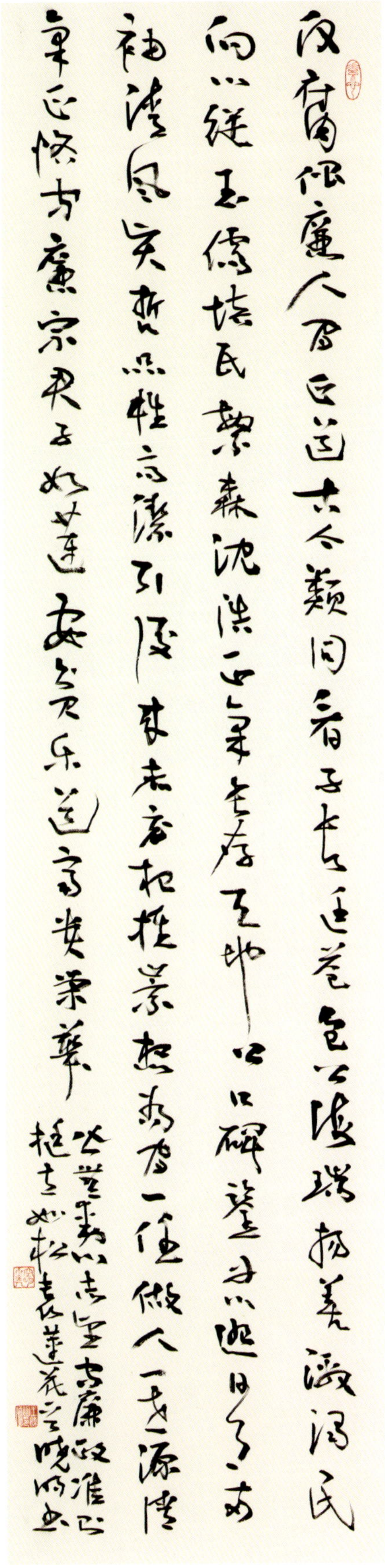

沁园春·清风扬

作／袁莲花

书／王晓明

反腐倡廉，人间正道，古今类同。看子长廷益，包公海瑞[1]，扬善激浊，民向心从。玉儒培民，繁森沈浩[2]，正气长存天地公。口碑鉴，丹心昭日月，两袖清风。

贤哲品性高洁，引后来者竞相推崇。想为官一任，做人一世，源清气正，恪守廉宗。君子如莲，安贫乐道，富贵荣华皆无动。心志坚，守《廉政准则》，挺立如松。

注：

1. **子长廷益，包公海瑞**　司马迁（字子长）、于谦（字廷益）、包拯（人称包公）、海瑞，俱是古代清廉为官的代表人物。

2. **玉儒培民，繁森沈浩**　牛玉儒，内蒙古自治区党委常委、呼和浩特市委书记；郑培民，曾任湖南省委副书记、省人大常委会副主任；孔繁森，援藏干部，西藏阿里地委书记；沈浩，安徽省凤阳县小岗村党支部原第一书记，是新中国勤政廉政的楷模。

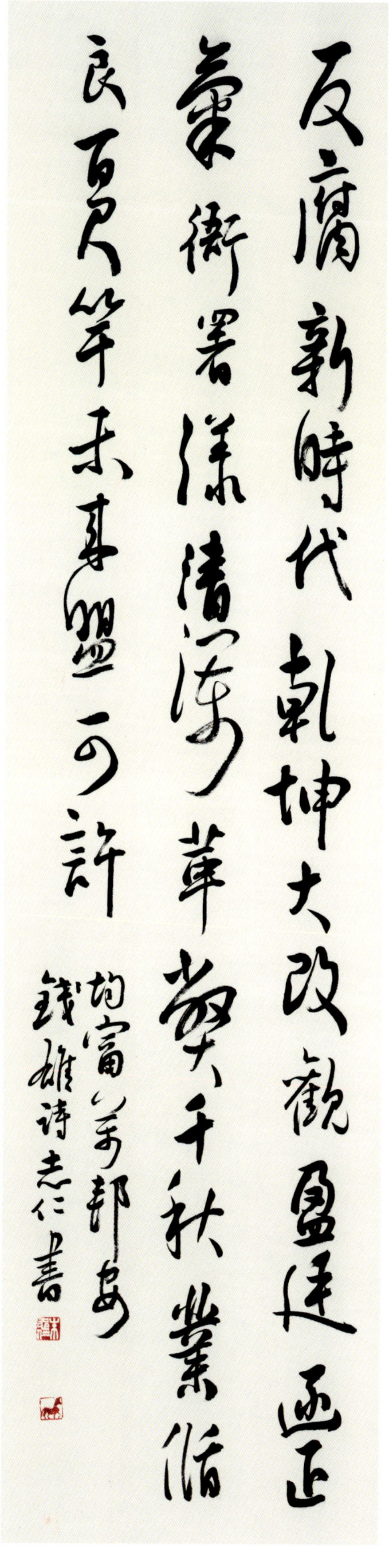

中国情

作／钱　雄

书／朱志仁

反腐新时代，乾坤大改观，

盈廷函正气，衙署漾清澜。

革弊千秋业，循良百尺竿。

未来盟可许，均富万邦安。

苏州廉政歌

作 / 钱进才

书 / 李耀中

号作天堂岂自封，政治经济两从容。

每登文庙歌廉石，几上寒山听晓钟。

荆岘[1]何妨酬素志，龙岗[2]不必隐青松。

应为盛世题佳句，争向贪顽掷笔锋。

注：

1. **荆岘**　汤斌号。
2. **龙岗**　况钟号。

感暴式昭[1]事

作／倪　明

书／朱志仁

西山小吏暴式昭，职微不废砺清操。

六载公门不苟取，一朝罢去无分毫。

困居茅茨飧不继，风雪弥天日难熬。

乡人得知纷相告，巡检有难痛我曹，

担薪斗米胜绨袍。西山渔樵八千户，户户相赠不辞劳。

呜呼！为官不论大与小，为民职责岂容逃？

民心如镜那可欺？一廉一贪有贬褒。

善因早种结善果，祸福无门皆自招。

更莫作厚皮伪君子，自称三年清知府，十万雪花银照样捞。

注：

1. 暴式昭（1847—1895），字方子，河南滑县人。清光绪十一年（1885）任苏州西山角里巡检司九品巡检官，光绪十六年（1890）罢职，贫无以返乡，困居西山，饔飧不继。西山民怜之，争以薪米相赠，历四十余日，获米一百余石，柴草数倍于米。式昭具列清单，以备日后归还。时有秦君敏树，仰式昭之清操，感乡人之厚意，为绘《林屋山人送米图》卷，并作长歌以赠之，流传至今。

感暴式昭事

西山小吏暴式昭職微不廢礪清操六載公門不苟取一朝罷去無分毫困居茅茨飧不繼風雪弥天日難熬鄉人得知紛相告巡撫有難痛我曹擔薪斗米勝綈袍西山漁樵八千户户相贈不辭勞嗚呼為官不論大與小為民職責豈容逃民心如鏡哪可欺一廉一貪有貶褒善因早種結善果禍福無門皆自招吏莫作厚皮僞君子自稱三年清知府十萬雪花銀照樣撈

倪明詩 志仁書

廉歌行

作／徐克明

书／尹　敏

中华古国，礼仪文明。尧天舜日，是谓清平。晏子春秋，始说廉政。[1]政即为正，论语为凭。[2]

历代循吏，遵之躬行。不贪为宝，子罕德馨。四知拒金，杨震语铿。陆绩廉石，千载留名。

隐之正气，贪泉不灵。[3]包拯说论，一笑河清。[4]于谦进京，不以礼呈。板桥听竹，枝叶关情。

封建社会，贪官权倾。上推廉吏，终属晨星。共和国立，政为民经。干部廉洁，举之不胜。

为民服务，甘作牺牲。楷模无数，难尽列陈。裕禄繁森，昨日典型。十大公仆，今时标兵。

此为主流，国家乃兴。社会变革，欲海浪生。少有异类，考验不经。邪气淫蚀，腐败孳萌。

今数其弊，以表我憎。奢侈挥霍，富贵为竞。灯红酒绿，犬马色声。尸位素餐，闭目塞听。

贪污受贿，追臭逐腥。卖官鬻爵，权钱交朋。刚愎自用，专横骄矜。徇私枉法，狗苟蝇营。

反腐肃贪，中央号令。铁拳奋起，利剑发硎。法网恢恢，有腐必惩。几多巨贪，恶贯满盈。

清风徐来，爽气乃迎。纯洁队伍，事业飞腾。扬子滔滔，不绝不停。载舟覆舟，水力之赢。

江山替代，腐败因成。丧之天理，失之民声。历史为鉴，照之则明。我有微言，请君垂听。

尔俸尔禄，民之膏精。上天难欺，戒石有铭[5]。国家为重，权利乃轻。烝民是敬，德惠以并。

天下为公，大道是正。宵衣旰食[6]，涉渊履冰。遵纪守法，常作叮咛。一身正气，毒不侵凌。

核心价值，牢记躬行。明荣知耻，宠辱不惊。清风两袖，苞苴绝迎。九州日朗，兆民服膺。

政通人和，四海康宁。江山永固，万载常青。不才布衣，难作琴鸣[7]。匹夫之责，衷心是诚。

注：

1. **晏子春秋，始说廉政**　景公问晏子曰："廉政而久，其行如何？"晏子对曰："其行水也。"（《晏子春秋校注·卷四》）

2. **政即为正，论语为凭**　季康子问政于孔子。孔子对曰："政者，正也。子帅以正，孰敢不正？"（《论语·颜渊》）

3. **隐之正气，贪泉不灵**　晋吴隐之操守清廉，为广州刺史，未至州二十里，地名石门，有水曰贪泉，相传饮此水者，即廉士亦贪。隐之酌而饮之，因赋诗曰："古人云此水，一歃怀千金；试使夷齐饮，终当不易心。"及在州，清操愈厉。（《晋书·良吏传·吴隐之》）

4. **包拯说论，一笑河清**　拯立朝刚毅，贵戚宦官，为之敛手，闻者惮之。人以包拯笑比黄河清。童稚妇女，亦知其名，呼曰"包待制"。京师为之语曰："关节不到，有阎罗包老。"（《宋史·卷三百一十六·包拯传》）

5. **戒石有铭**　指宋太祖时所立《戒石铭》于各县治以戒贪，共十六字："尔俸尔禄，民膏民脂；下民易虐，上天难欺。"

6. **宵衣旰食**　天不亮就穿衣起床，天晚了才吃饭，形容工作繁忙而勤勉。

7. **琴鸣**　指单父琴。"宓子贱治单父（山东县名），弹鸣琴，身不下堂而单父治。"（汉刘向《说苑·政理》）后因以单父琴为称颂地方官治绩之典。

中華古國禮儀文明堯天舜日是謂清平晏子春秋始說廉政政即為正論語為憑歷代循吏遵之躬行不貪為寶子罕德馨四知拒金
楊震語鏗陸績廉石千載留名隱之正氣貪泉不靈包拯讜論一咲河清于謙進京不以禮呈板橋聽竹枝葉關情封建社會貪官權傾
上推廉吏終屬晨星共和國立政為民經幹部廉潔舉之不勝為民服務甘作犧牲楷模無數難盡列陳裕祿繁森昨日典型十大公仆
今時標兵此為主流國家乃興社會變革欲海浪生少有異類考驗不經邪氣淫蝕腐敗孳萌今數其弊以表我憎奢侈揮霍富貴為競
燈紅酒綠犬馬色聲屍位素餐閉目塞聽貪污受賄追臭逐腥賣官鬻爵權錢交朋剛愎自用專橫驕矜徇私枉法狗苟蠅營反腐肅貪
中央號令鐵拳奮起利劍發硎法網恢恢有腐必懲幾多巨貪惡貫滿盈清風徐來爽氣迺迎純潔隊伍事業飛騰揚子滔滔不絕不停
載舟覆舟水力之贏江山替代腐敗因成喪之天理失之民聲歷史為鑒毀之則明我有微言請君垂聽爾俸爾祿民之膏精上天難欺
戒石局銘國家為重權利迺輕黎民是敬德惠以並天下為公大道是正宵衣旰食涉淵履冰遵紀守法常作叮嚀一身正氣毒不侵淩
核心價值牢記躬行明榮知恥寵辱不驚清風兩袖苞苴絕迎九州日朗兆民服膺政通人和四海康寧江山永固萬載常青不才布衣
難作琴鳴匹夫之責衷心是誠

丁酉秋尹敏錄江蘇常熟徐克明原創作品廉歌行

廉石网

作 / 徐克明

书 / 杨鼎美

姑苏廉石网，鉴古独标新。
引濯沧浪水，清风万里巡。
问名何所依？陆绩郁林官太守，立身不易奉公心。
一朝解绶归乡里，几度探囊剩碎金。
物匮舱空凭石压，风狂浪急避舟沉。
后人栽石昭文庙，千载廉名传至今。
问网何所为？党纪常宣深教化，誓言无使忘初心。
反贪防腐嶒风骨，百毒千邪不可侵。
问网何所治？岂让歪风成痼疾，时攻药石固元神。
疗疴驱毒除长患，治病救人妙手春。
问网何所威？有腐必惩严铁律，有贪必反不留情。
恢恢法网无疏漏，利剑高悬鬼魅惊。
问网政何绩？时时击石警钟鸣，日日养廉风气清。
勤政为民诚报国，传歌击壤乐安宁。
乐安宁，得民心，百姓如水载舟行。
我今且借廉石网，衷心再复把言进。
包拯堂前三把铡，汤斌身后八两银。
板桥枝叶听民声，杨震四知拒贿金。
古来循吏虽麟角，鉴今犹可兴廉政。
核心价值乃根本，金钱富贵皆浮云。
君不见，偃鼠过河仅满腹，鹪鹩一枝足可营。
君不见，石崇斗富终灭族，和珅富可敌国死嘉庆。
君不见，当今豺虎周郭徐，贪腐祸国又殃民，终入铁窗了残生。
君可知，万物有性可标榜。
当似青松挺且直，当似梅花白又洁。
当似荷花出泥清，当似修竹节有劲。
君可知，当今受民爱戴多标兵。
艰苦奋斗焦裕禄，无私奉献孔繁森。
公安警模任长霞，援藏医范黄铁花[1]。无数榜样学不尽。
廉石网，廉石网，沧浪水兮复沧浪。
激浊扬清功至伟，我今点赞把尔唱。
唱如太湖美歌四海传，唱如茉莉花曲九州香。
廉石网兮廉石网，沧浪水兮复沧浪。

注：

1. 黄铁花（1976—2017），常熟援藏医生，2017年因公殉职。

廉石緺：姑蘇廉石緺鑒古獨標新引濯滄浪水清風萬里巡問名何所依陸績鬱林官太守立身不易奉公心一朝解綬歸鄉里幾度探囊剩碎金物匱艙空凭石壓風狂浪急避舟沉後人栽石昭文廟千載廉名傳至今問緺何所為党紀常宣深教化誓言無使忘初心反貪防腐增風骨百毒千邪不可侵問緺何所治豈讓歪風成痼疾時攻藥石固元坤疥疴驅毒除長患治病救人妙手春問緺何所威威腐必懲嚴鐵律貪必反不留情恢恢法網無疏漏利劍高懸鬼魅驚問緺政何績時時擊石警鐘鳴日日養廉風氣清勤政為民識報國傳歌擊壤樂安寧樂安寧得民心百姓如水載舟行我今且借廉石緺衷心再復把言進包拯堂前三把鍘湯斌身後八兩銀板橋枝葉聽民聲楊震四知拒賄金古來循吏雖麟角鑒今猶可興廉政核心價值乃根本金錢富貴皆浮雲君不見碩鼠過河僅滿腹鷦鷯一枝足可營君不見石崇門富終滅族和珅富可敵國死嘉慶君不見當今豺虎周郭徐貪腐禍國又殃民終入鐵窗了殘生君子知萬物之性可標榜當似青松挺且直當似梅花白又潔當似荷花出泥清當似脩竹節之勁君子知當今愛民愛多標兵艱苦奮鬥焦裕祿無私奉獻孔繁森公安警模任長霞援藏醫範黃鐵花無數榜樣學不盡廉石緺廉石緺滄浪水兮復滄浪激濁揚清功至偉我今熱贊把爾唱唱如太湖美歌四海傳唱如茉莉花曲九州系廉石緺兮廉石緺滄浪水兮復滄浪

江蘇常熟徐克明詩文 丁酉秋月書於蘇州古城滄浪南林苑困學齋 吳郡鼎美

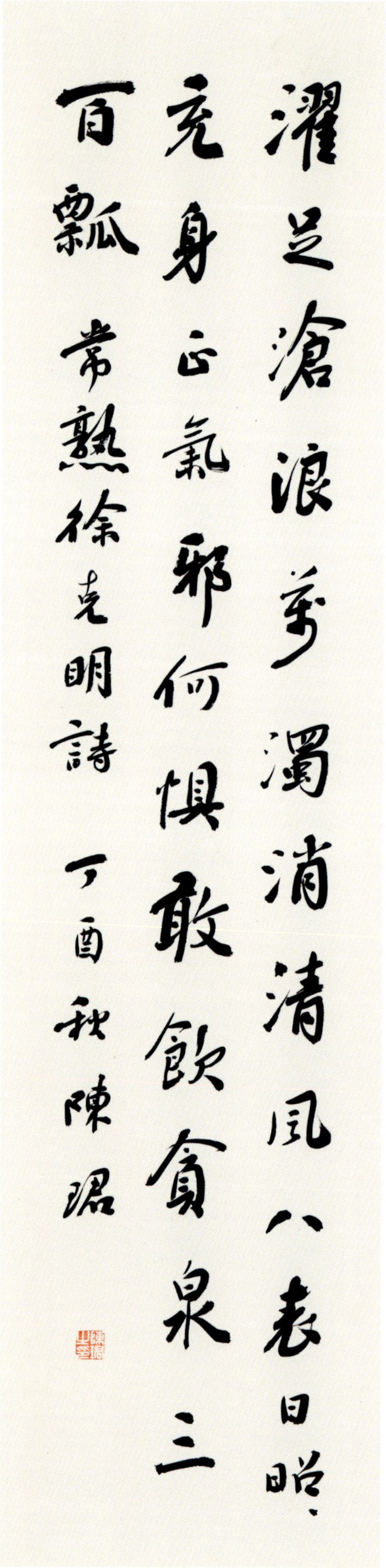

濯足沧浪

作 / 徐克明

书 / 陈凤珍

濯足沧浪万浊消，清风八表日昭昭。

充身正气邪何惧，敢饮贪泉三百瓢[1]。

注：

1. “吴隐之，操守清廉，为广州刺史，未至州二十里，地名石门，有水曰贪泉，相传饮此水者，即廉士亦贪。隐之酌而饮之，因赋诗曰：‘古人云此水，一歃怀千金；试使夷齐饮，终当不易心。’及在州，清操愈厉。”（《晋书·良吏传·吴隐之》）

咏竹

作 / 郭东海

书 / 李云刚

虚心节节与天高，汗史常留披绿袍。

松柏无花赠好果，菊梅有意立真操。

襟怀白雪星光灿，袖抱清泉水浪滔。

野陌心田谁遍种，青山万里我风骚。

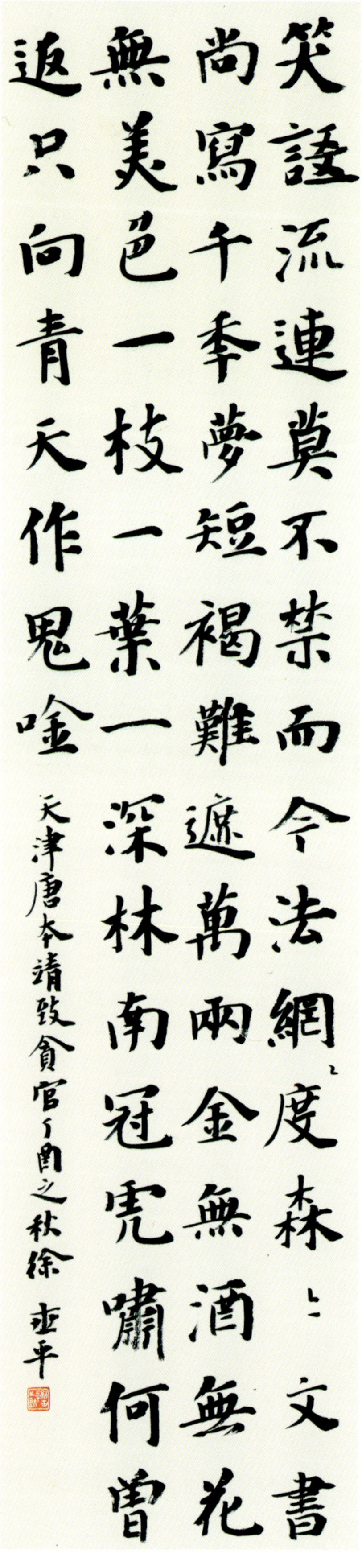

致贪官

作／唐本靖

书／徐世平

笑语流连莫不禁，而今法度网森森。

文书尚写千年梦，短褐难遮万两金。

无酒无花无美色，一枝一叶一深林。

南冠虎啸何曾返，只向青天作鬼吟。

观莲有感

作 / 谈建国

书 / 林再成

清风乍起弄冰弦，冷月凝光照白莲。

拍遍栏杆鸟飞尽，松涛拂醒水云天。

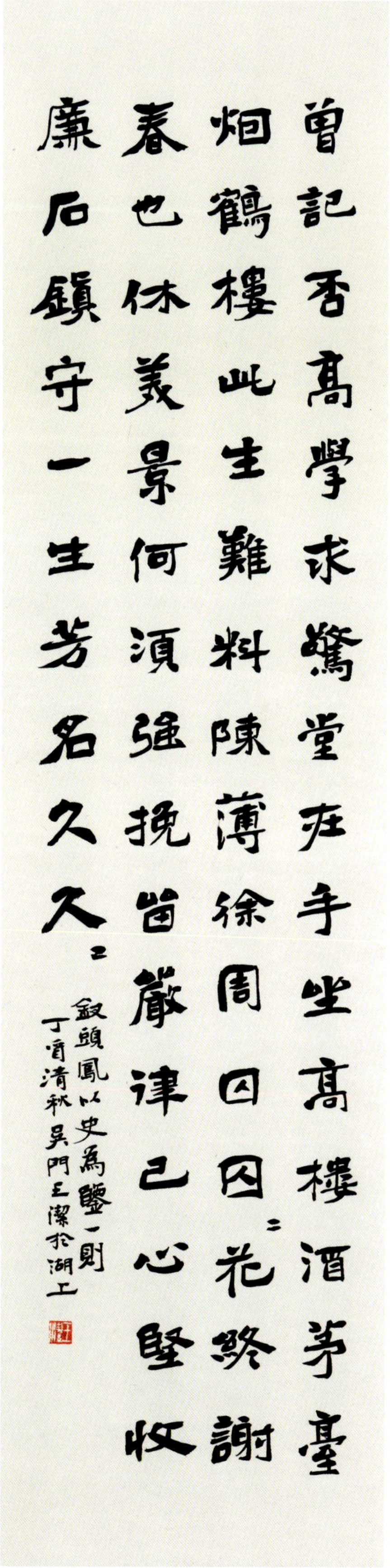

钗头凤·以史为鉴

作／曹瑞冬

书／王　洁

曾记否，高学求，惊堂在手坐高楼。酒茅台，烟鹤楼。此生难料，陈薄徐周。囚、囚、囚。

花终谢，春也休，美景何须强挽留。严律己，心坚收。廉石镇守，一生芳名。久、久、久。

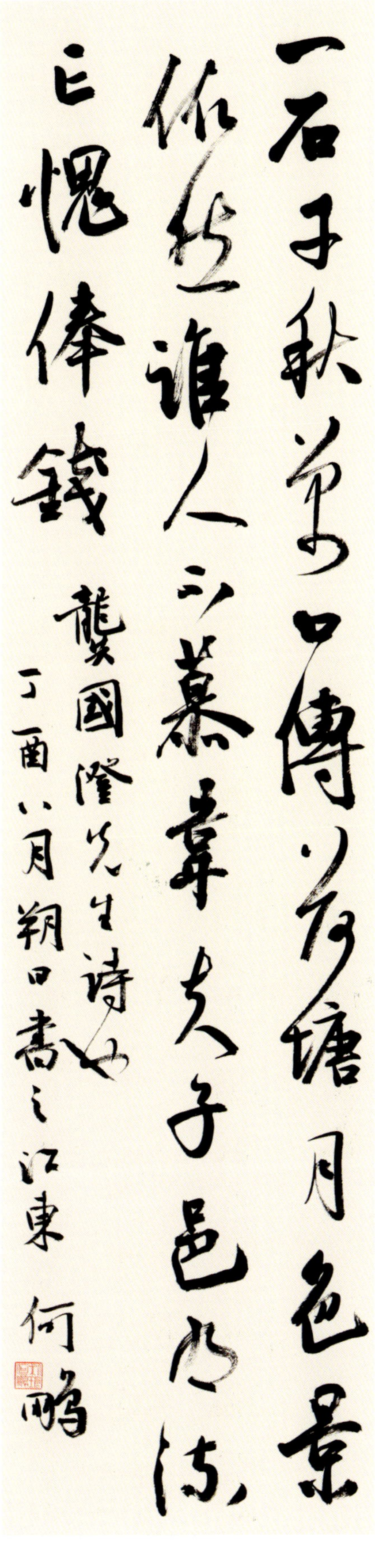

荷塘月色景依然

作 / 龚国澄

书 / 何　鹏

一石千秋万口传，荷塘月色景依然。

谁人不慕韦夫子，邑有流亡愧俸钱。

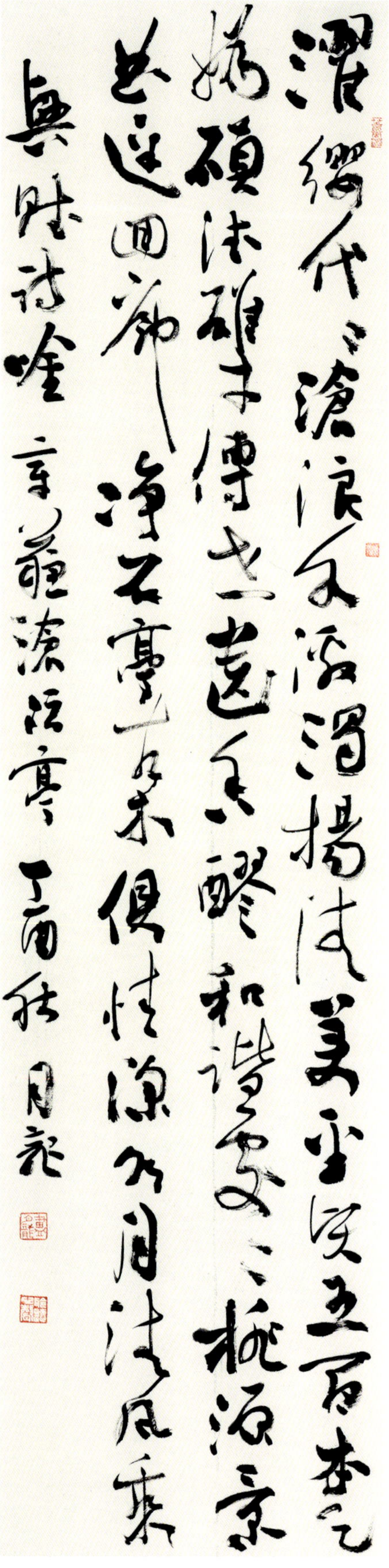

虞美人·沧浪亭

作／章　苏

书／卢月龙

濯缨代代沧浪水，激浊扬清美。圣贤五百本天娇，硕德雄才传世遗香醪。

和谐处处桃源景，曲径回廊净。石亭古木俱情深，明月清风乘兴赋诗吟。

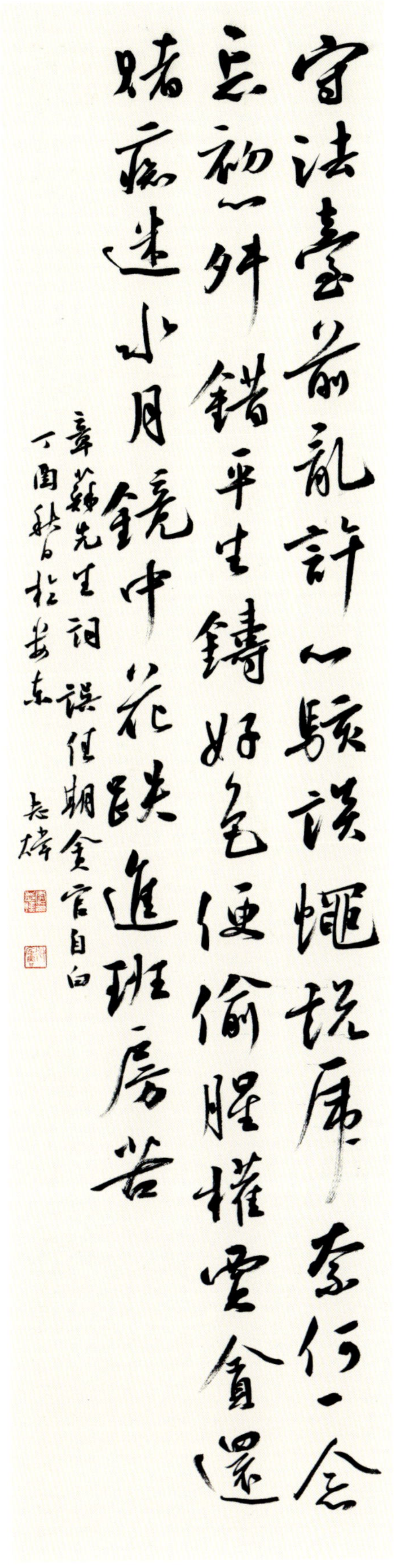

误佳期·贪官自白

作／章　苏

书／李志炜

“守法”台前乱许，心骇谈蝇说虎。奈何一念忘初心，舛错平生铸。

好色便偷腥，权贾贪还赌。痴迷水月镜中花，跌进班房苦。

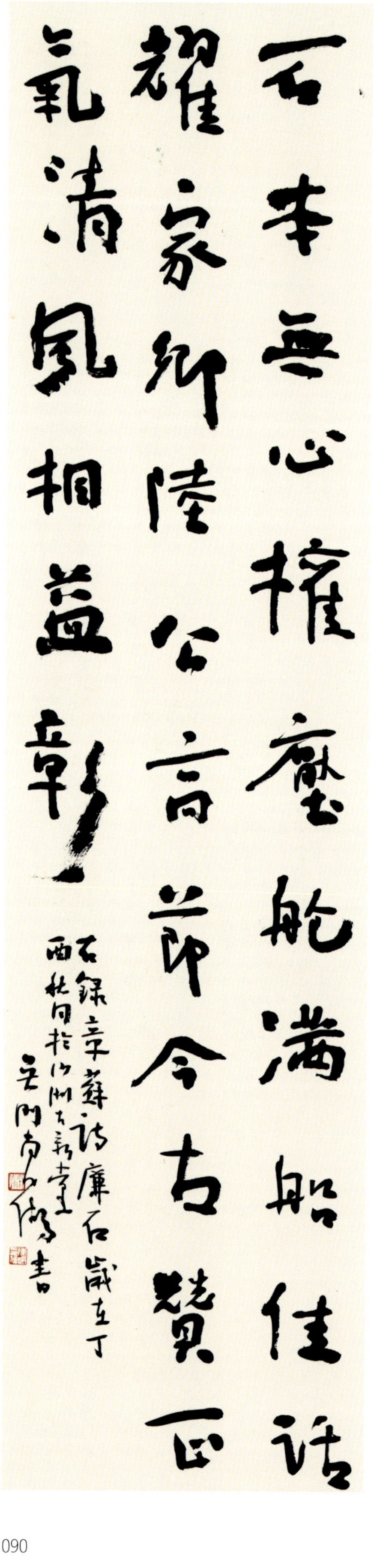

廉石

作／章　苏

书／陈　宇

石本无心权压舱，满船佳话耀家乡。

陆公高节古今赞，正气清风相益彰。

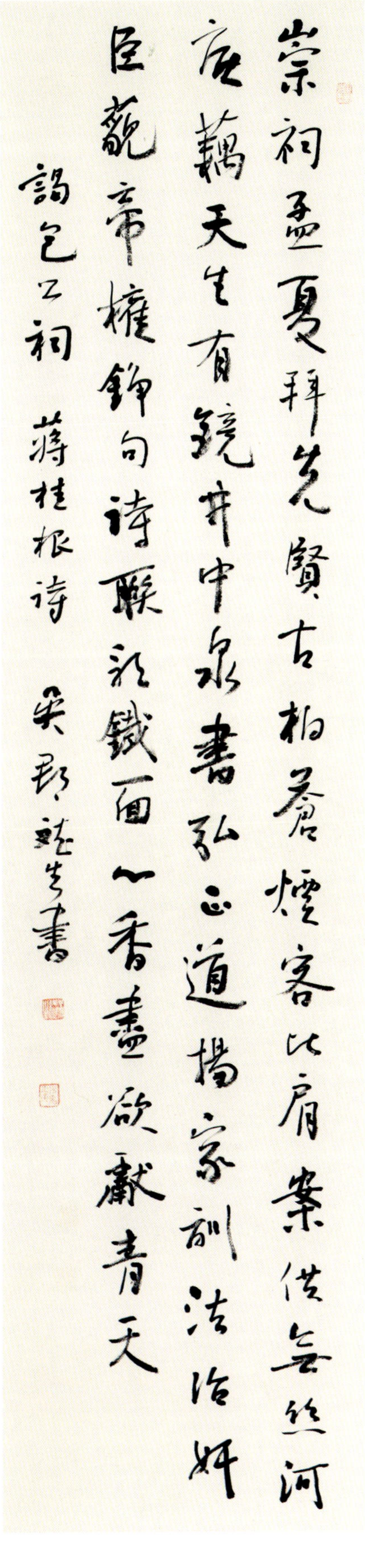

敬谒包公祠

作 / 蒋桂根

书 / 朱斌生

崇祠孟夏拜先贤，古柏苍烟客比肩。

案供无丝河底藕[1]，天生有镜井中泉[2]。

书弘正道扬家训，法治奸臣藐帝权。

铮句诗联歌铁面，心香尽欲献青天。

注：

1. 包河之藕无丝，谐音“无私”。
2. 赃官惧看、惧饮“廉泉”之水。

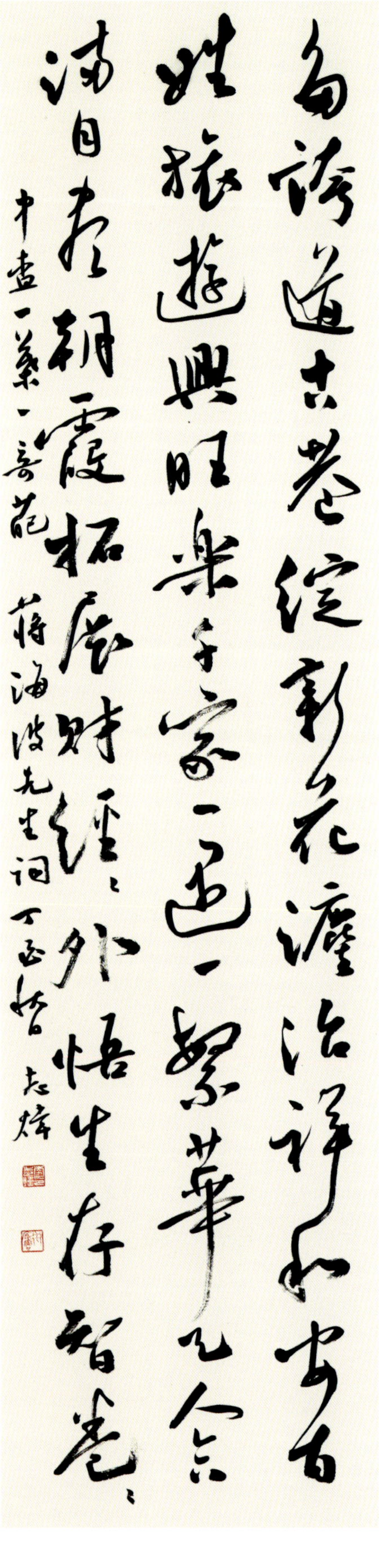

忆江南·山塘法治文化街

作／蒋海波

书／李志炜

多夸道，古巷绽新花。法治祥和安百姓，旅游兴旺乐千家。一遇一繁华。

天人合，满目尽朝霞。拓展财经经外悟，生存智卷卷中查，一叶一奇葩。

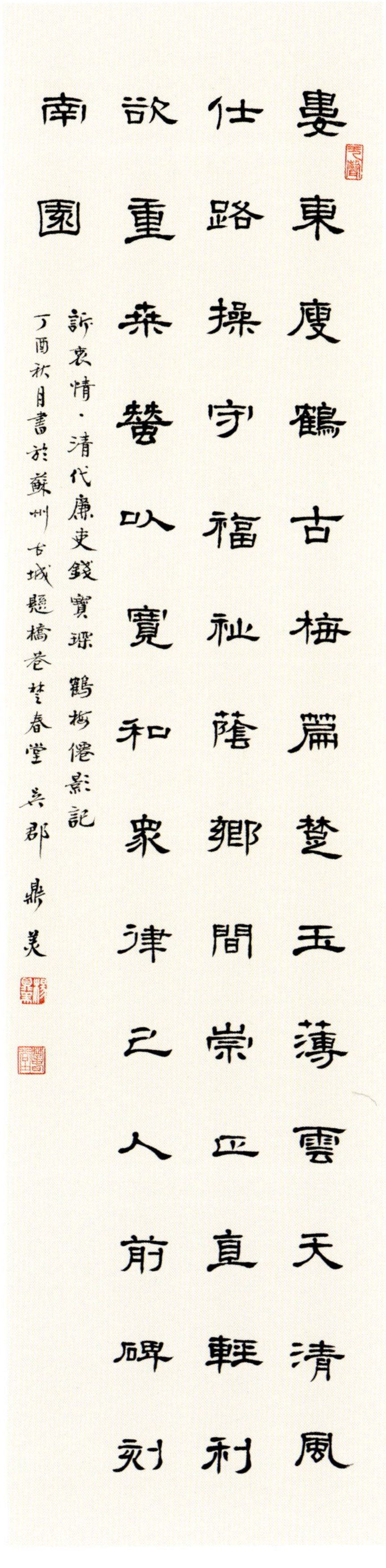

诉衷情·清代廉吏钱宝琛《鹤梅仙影记》

作／蒋海波

书／杨鼎美

娄东瘦鹤古梅篇，楚玉薄云天。清风仕路操守，福祉荫乡间。

崇正直，轻利欲，重桑蚕。以宽和众，律己人前，碑刻南园。

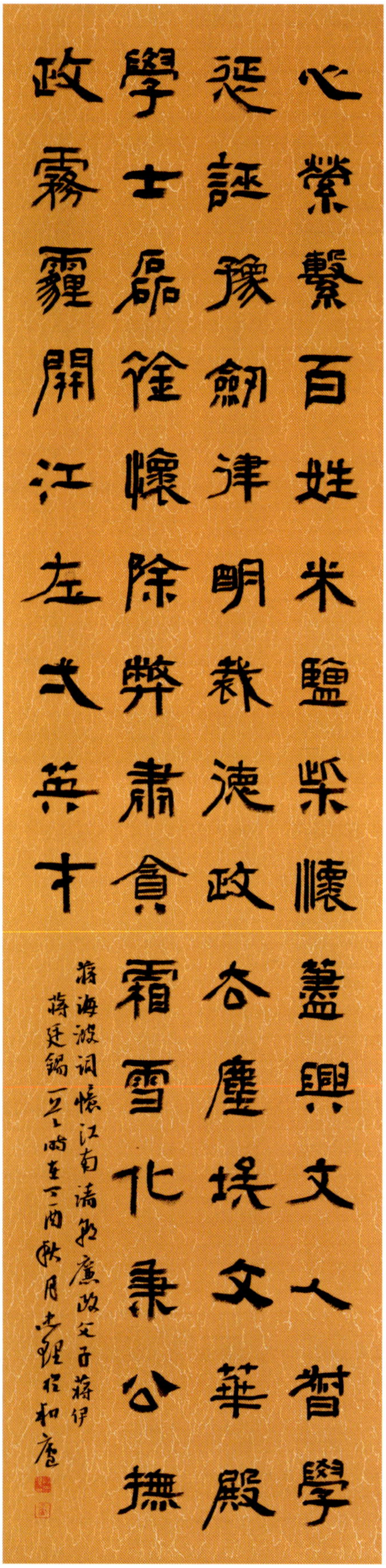

忆江南·清朝廉政父子蒋伊[1]、蒋廷锡[2]

作 / 蒋海波

书 / 寇忠理

心萦系，百姓米盐柴。怀荩兴文人督学，惩诬豫剑律明裁。德政去尘埃。

文华殿，学士磊襟怀。除弊肃贪霜雪化，秉公抚政雾霾开。江左一英才。

注：

1. 蒋伊（1631—1687），常熟人。任督学、河南按察使副使、陕西道监察御史等职，彻查究办并制定“诬告反坐”律条堵住了司法漏洞，因政绩突出获御赐“怀荩兴文”金匾。

2. 蒋廷锡（1669—1732），蒋伊第二子，雍正年间礼部侍郎、户部侍郎。他体恤民情、剔除积弊、秉公执政，为江东十五才子之一。

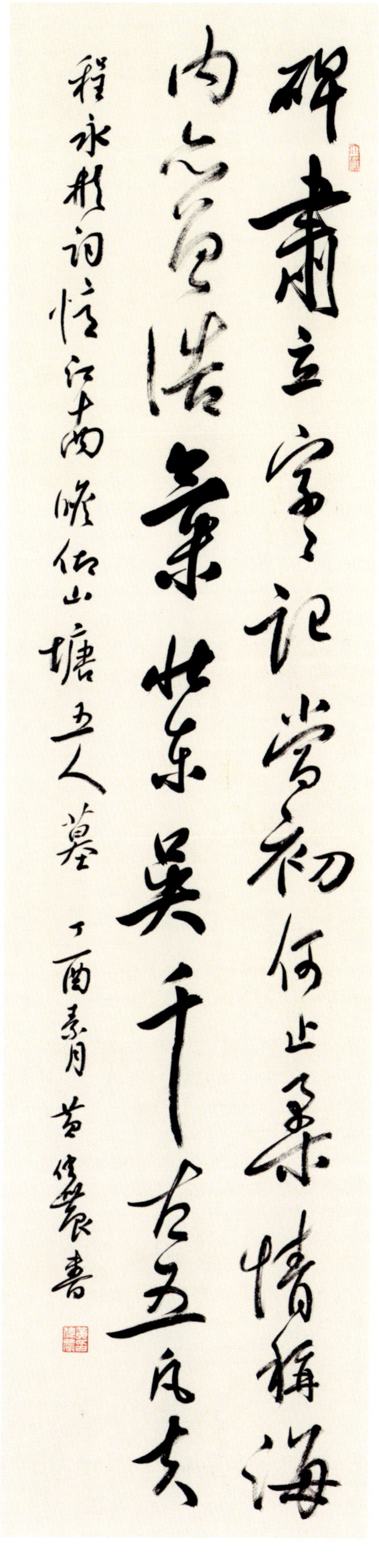

忆江南·瞻仰山塘五人墓

作 / 程永彬

书 / 黄伟农

碑肃立，字字记当初。何止柔情称海内，亦曾浩气壮东吴。千古五凡夫。

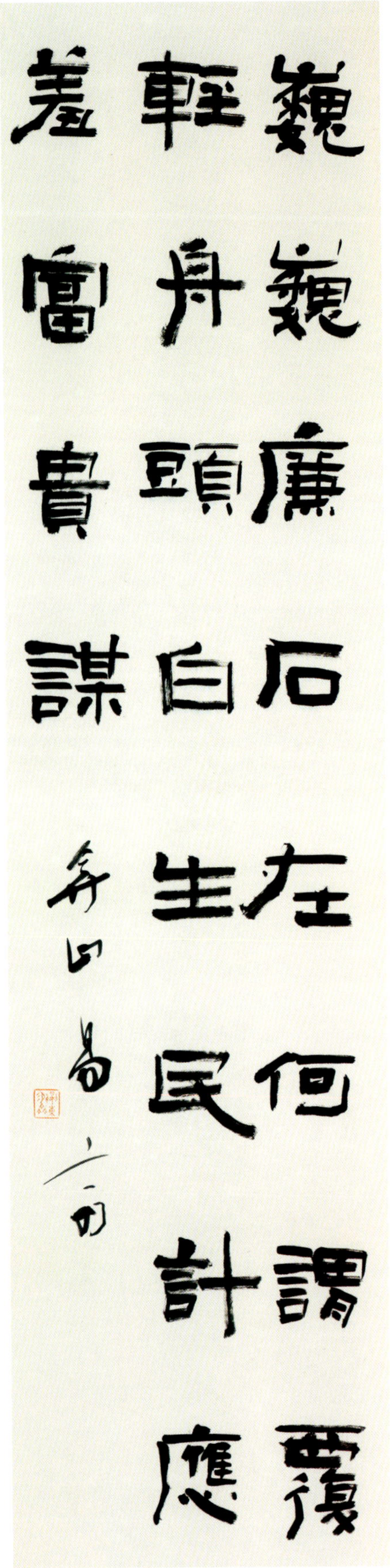

怀陆绩二首　其一

作／蔡春慧

书／王伟林

巍巍廉石在，何谓覆轻舟？

头白生民计，应羞富贵谋。

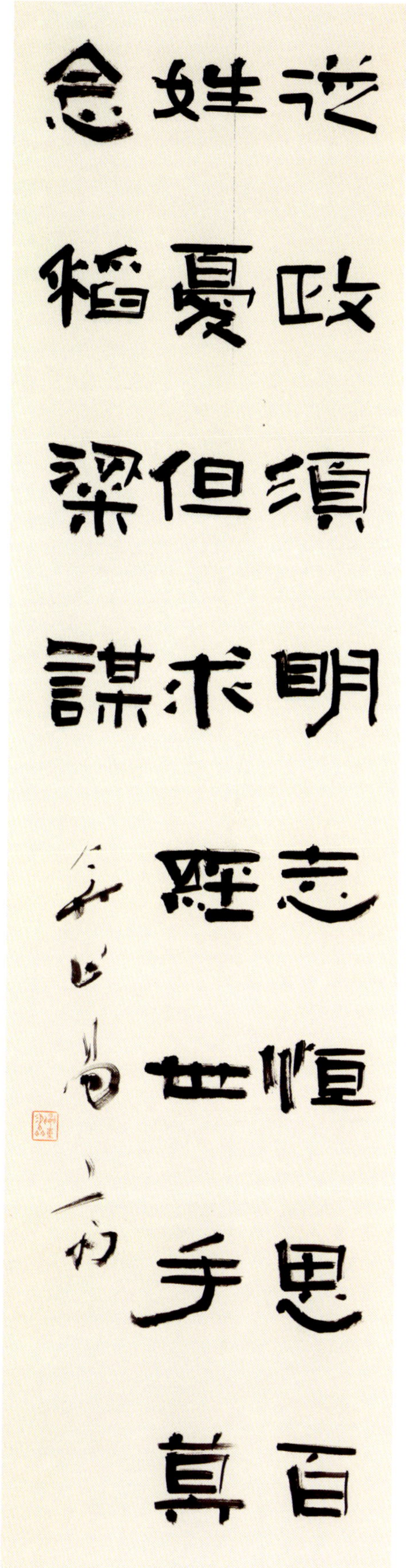

怀陆绩二首　其二

作 / 蔡春慧

书 / 王伟林

从政须明志，恒思百姓忧。

但求经世手，莫念稻粱谋。

居易歌

作／蔡相龙

书／尹　敏

原上萋萋渐入云，每见春草必思君。莫道长安居不易，多少辞章黯销魂？

落地七月即识字，舌疮肘胝为咏文。新郑白氏官宦子，犹是流离乱世人。

学成挥笔登金榜，意气风发诗情壮。结交微之心安哉，曲江水暖莺燕唱。

职作县尉惜民苦，刈麦观后叹税赋。忧虑农桑俸愧羞，如何四海衣食足！

仙游寺外树萧瑟，天宝往事已难得。醉里把酒影婆娑，和泪涕下长恨歌。

江山美人不堪悲，情缘似债任徘徊。流波一递眉目浅，孤灯无梦肝肠催。

世间若能两未遇，帝王御宇花芳菲。秋水长天相互隔，匆匆百年各是谁？

左拾遗倡新乐府，时政不察采诗补。君为黎庶甘代言，血泪沥尽露质朴。

冷暖世态秦中吟，富贵贫贱皆见闻。牡丹正开人饿死，两重天地内外门。

顽石易碎心最坚，遍布哭叱无有怜。新丰折臂老不管，可因出师俱戍边？

红绡半匹牛头挂，能换面米能抵寒！抑或生性多感触，惟君提及泪潸潸。

男儿焉能假颜色？直言上书只忠国。江州司马胜东宫，觅得知音在贬谪。

指动琵琶拨素月，鱼龙沸腾西风烈。吹断道路阻邯郸，从此再无轻离别。

微雨情绪且慢弹，万家幽怀汇哽噎。紧按弦声再无声，汹涌光阴今中绝。

黄粱倏忽愁丝长，千古不变是哀伤。苍茫江湖偶相知，未问重逢更何时。

终知天命待半百，步履维艰亦须快。有幸善政施杭州，蓄积澄碧谋灌溉。

闲往孤山早春行，马蹄沾香水面平。久听老僧道禅语，白云待客相送迎。

只取两片天竺石，又铸数言不得适。谁知薄禄任后捐，留于来人当急资！

宦海漂泊转赴吴，七里山塘拓姑苏。父老百姓谬称赞，素位尸餐岂胜无？

刺史应为丹青手，辖区街衢好画图。离时婴啼十万户，为官有道便不孤。

稀疏白发难束巾，零落枯叶终归根。香山居士醉吟日，洛阳容纳衰病身。

故友已逝痛奈何，阴阳能传宁为魔。床头梦醒纸笺湿，昏花老眼忆唱和。

人人知君字乐天，又有谁知天也残？有女有子早夭去，每回念起泪如泉。

呜呼休溺自家灾，读书诚为济世来。八节石滩需通浚，私财换得龙门开。

朝代更迭千载矣，璀璨星辰能有几？佳句随帆到扶桑，渤海国内大名扬。

诗重为民官重廉，后人一读一怅然。年岁愈长愈知味，君口吟尽世间难。

合卷独向中宵立，灯火渐灭楼寂寂。仰望夜幕笼无边，古今明月白如璧。

原上萋萋漸入雲海見春草必思君莫道長安居不易多少辭章黯銷魂落地七月即識字舌瘡肘胝為詠文新鄭白氏官宦子猶是流離亂世人學成揮筆登金榜意氣風發詩情壯緒文遂之心安哉曲江水暖鶯
燕喝職作縣尉惜民苦刈麥觀後嘆税賦憂慮農桑俸愧羞如何四海衣食足僊遊寺外樹蕭瑟天寶往事已難得醉裏把酒影婆娑和淚滞下長恨歌江山美人不堪悲情緣似債任徘徊流波一遍
眉目淺孤燈無夢肝腸催世間若能兩未遇帝王禦宇花芳菲秋水長天相互隔匆匆百年各是誰左拾遺偶新樂府時政不察采詩補君為黎庶世代言血淚瀝盡露質樸冷暖世態秦中吟富貴貧賤
皆見閻牡丹已開人餓死兩重天地內外門頑石易碎心最堅遍布哭叱無有憐新豐折臂老不管可回出師似戍邊紅綃半匹牛頭掛能換西米能抵寒
抑哉生性多感觸惟君提及淚潸潸男兒焉能假色直言上書只忠國江州司馬勝東宮覓得知音在貶謫指動琵琶撥素月魚龍沸騰西風烈吹斷道
路阻邯鄲從此再無輕離別徽兩情緒且慢彈萬家幽懷匯硬噎禁按弦聲再無聲洶湧光陰今中絕黃粱倏忽愁緣長千古不變是哀傷蒼茫江湖偶相知未
問重逢更何時終知天命詩半百步履維艱點須快有幸善政施杭州蓄積澄碧謀灌溉閑往孤山早春行馬蹄沾香水面平久聽老僧道禪語白雲待客相送
迎只取兩片天竺石又鑄數言不得適誰知薄祿任淺揖留於來人當急資宦海漂泊轉赴吳七里山塘拓姑蘇父老百姓謬稱贊素位尸餐豈勝無刺
史應為丹青手轉區衢衢好畫圖難時嬰啼十萬戶為官有道便不孤稀疏白發難束巾零落枯葉終歸根香山居士醉吟日洛陽容納衰病身故友已
逝痛奈何陰陽能傳寧為魔床頭夢醒紙箋濕香花老眼憶唱和人、知君字樂天又有誰知天也殘局女有子早夭去每回念起淚如泉嗚呼休溺白家
災讀書誠為濟世來八節石灘為通淺私財捐得龍門闊朝代更疊千載矣璀璨星辰能有幾佳句隨帆到扶桑渤海國內大名揚詩重為民官重廉後人一
讀一悵然年歲愈長愈知味君口吟盡世間難合卷獨向中宵立燈火漸滅樓舟仰望夜幕籠無邊古今明月白如璧

丁酉秋月尹歆錄河南杞縣蔡相龍原創作品居易歌於若谷堂

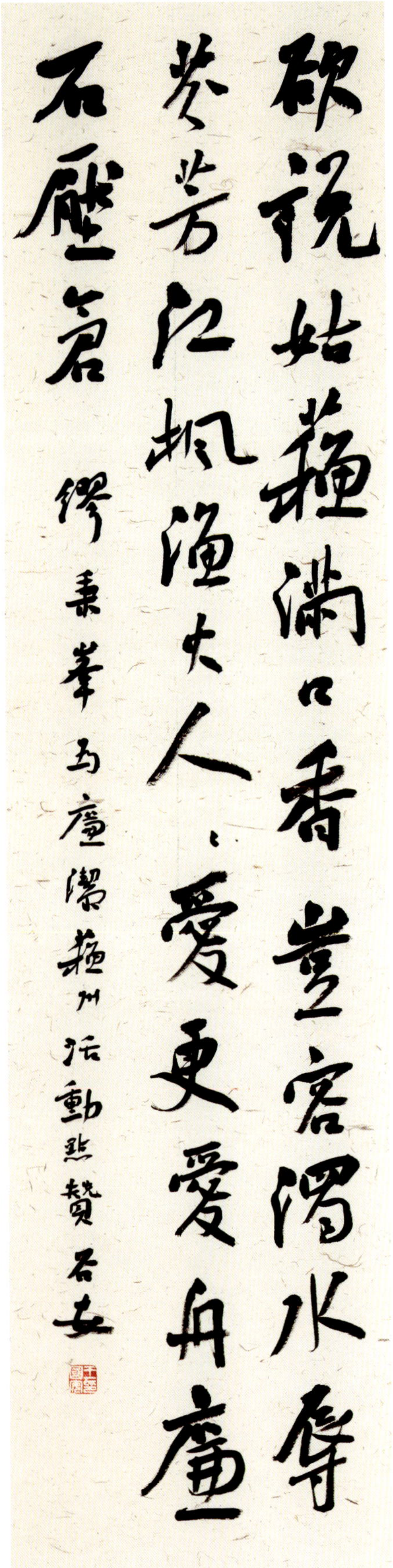

为廉洁苏州活动点赞

作 / 缪秉峰

书 / 王国安

欲说姑苏满口香，岂容浊水辱芬芳。

江枫渔火人人爱，更爱舟廉石压仓。

反腐随想

作／缪秉峰

书／郭向东

断了贪泉水[1]，迎来醒世风。

三年为刺史，二石损清翁。

饭味何嫌薄，情诚必有公。

竹声知疾苦，食檗与民同。

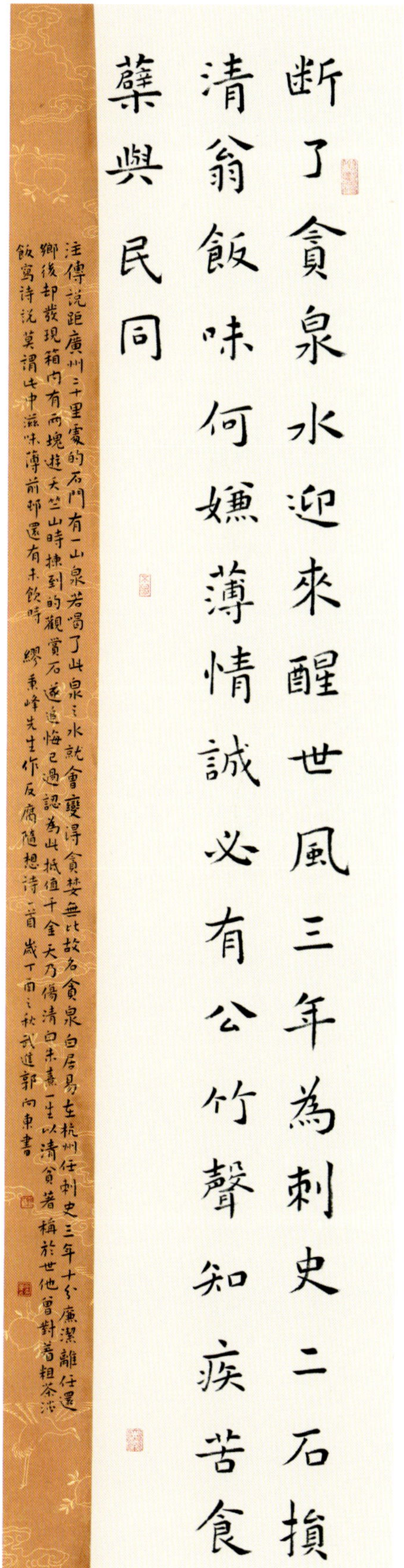

注：

1. 传说距广州二十里处的石门，有一山泉，若喝了此泉之水，就会变得贪婪无比，故名“贪泉”。白居易在杭州任刺史三年，十分廉洁，离任还乡后却发现箱内有两块游天竺山时拣到的观赏石，遂追悔己过，认为：“此抵值千金，天乃伤清白。”朱熹一生以清贫著称于世，他曾对着粗茶淡饭写诗说：“莫谓此中滋味薄，前村还有未饮时。”

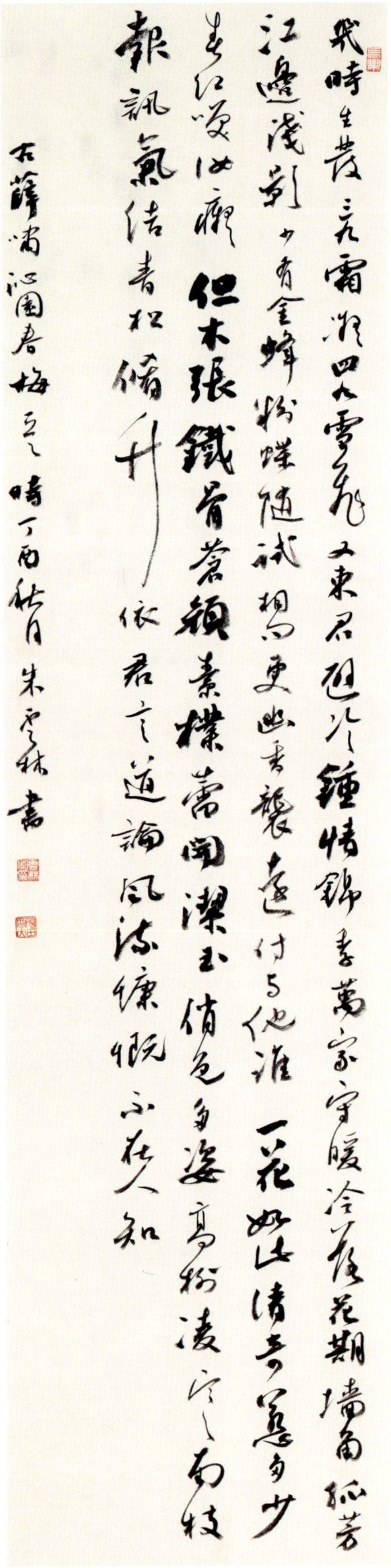

沁园春·梅

作／薛　啸

书／朱云林

几时生发？三九霜凝，四九雪飞。又东君避冷，钟情锦季；万家守暖，冷落花期。墙角孤芳，江边浅影，少有金蜂粉蝶随。试相问，更幽香袭远，付与他谁？

一花如此清奇，惹多少、春红笑汝痴。但木张铁骨，苍颜素朴；蕾开洁玉，俏色多姿。高树凌寒，南枝报讯，气结青松修竹依。君言道，论风流慷慨，不在人知。

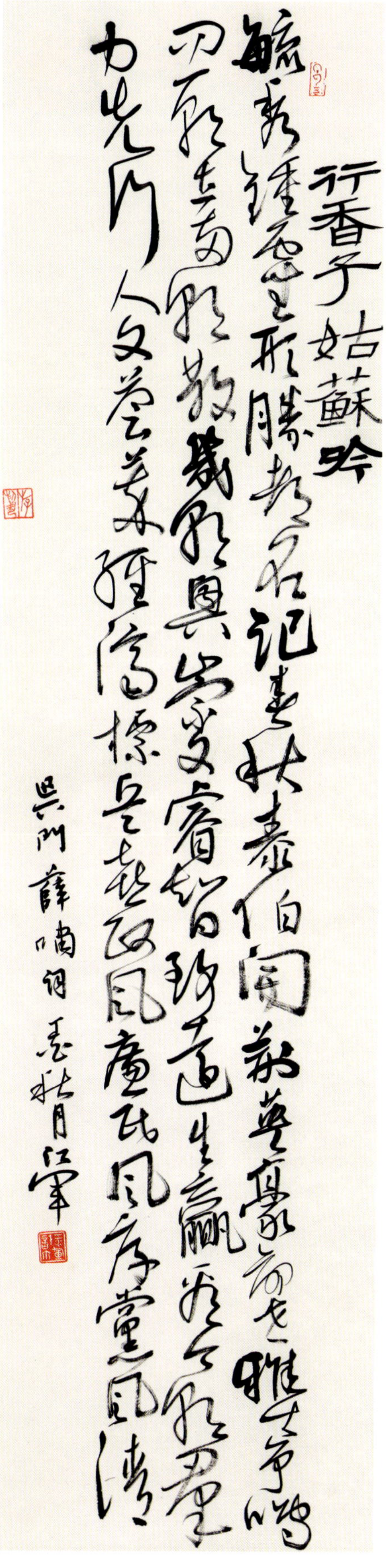

行香子·姑苏吟

作／薛　啸

书／江　军

毓秀钟灵，形胜都名。记春秋，泰伯开荆。英豪命世，雅士争鸣。问一朝立，二朝散，几朝兴？

崇文睿智，致远生赢。看今朝，群力先行。人文荟萃，经济标兵。喜政风廉，民风厚，党风清。

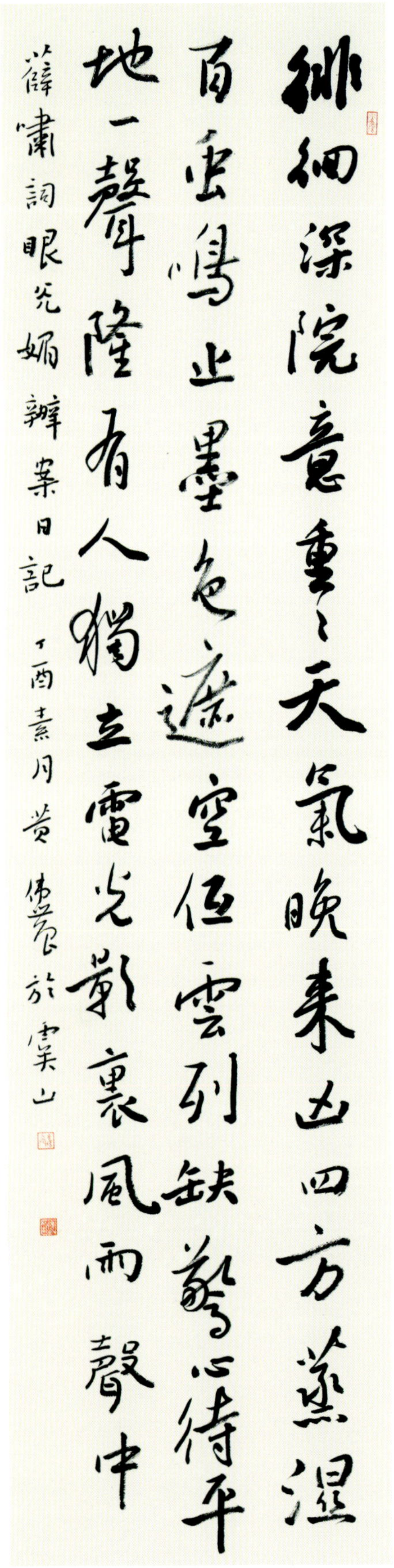

眼儿媚·办案日记

作／薛　啸

书／黄伟农

徘徊深院意重重，天气晚来凶。四方蒸湿，百虫鸣止，墨色遮空。

低云列缺惊心待，平地一声隆。有人独立，电光影里，风雨声中。

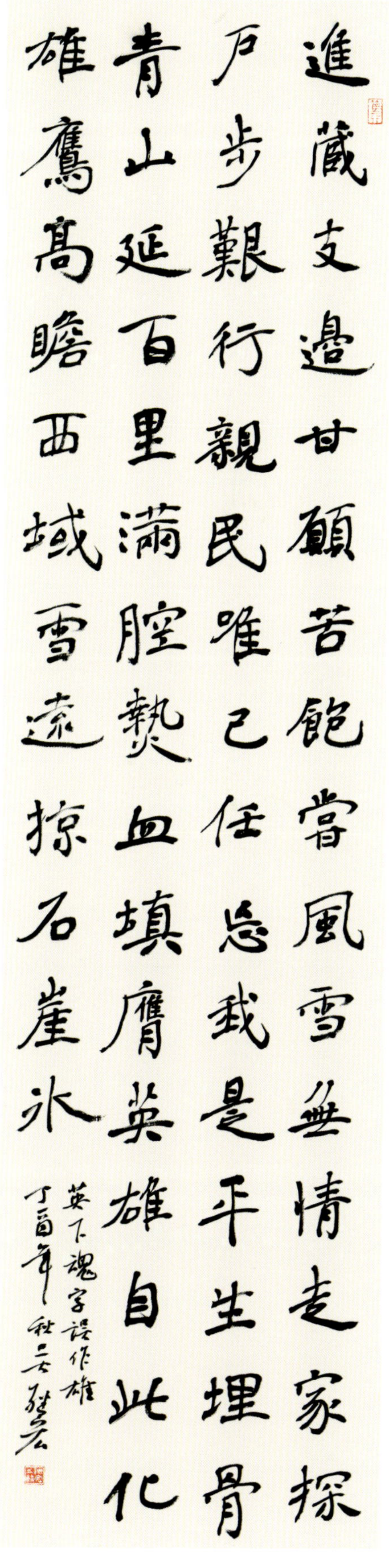

临江仙·孔繁森

作／戴永平

书／吴继宏

进藏支边甘愿苦，饱尝风雪无情。走家探户步艰行。亲民唯已任，忘我是平生。

埋骨青山延百里，满腔热血填膺。英魂自此化雄鹰。高瞻西域雪，远掠石崖冰。

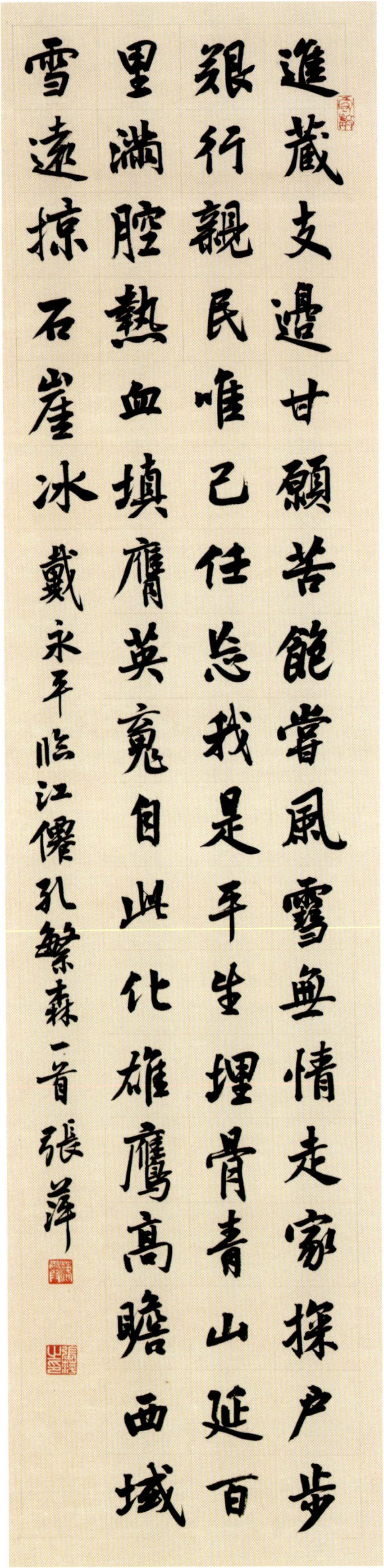

临江仙·孔繁森

作／戴永平

书／张　萍

进藏支边甘愿苦，饱尝风雪无情。走家探户步艰行。亲民唯己任，忘我是平生。

埋骨青山延百里，满腔热血填膺。英魂自此化雄鹰。高瞻西域雪，远掠石崖冰。

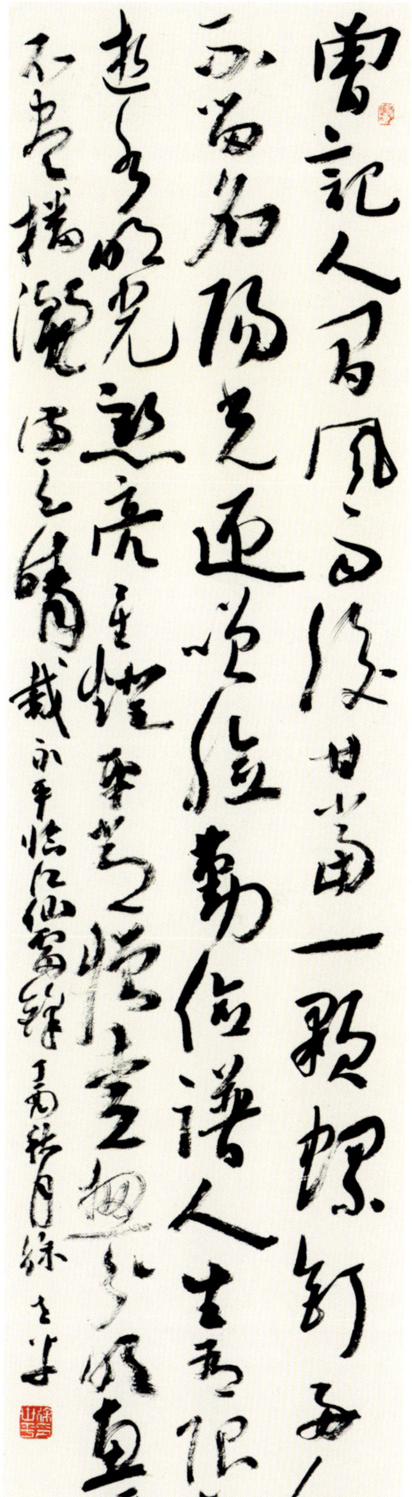

临江仙·雷锋

作／戴永平

书／徐世平

曾记人间风雨后，甘当一颗螺钉。好人好事不留名。阳光迎笑脸，勤俭谱人生。

有限年华如逝水，明光点亮星灯。平常憎爱总分明。惠风吹不尽，播洒满天晴。

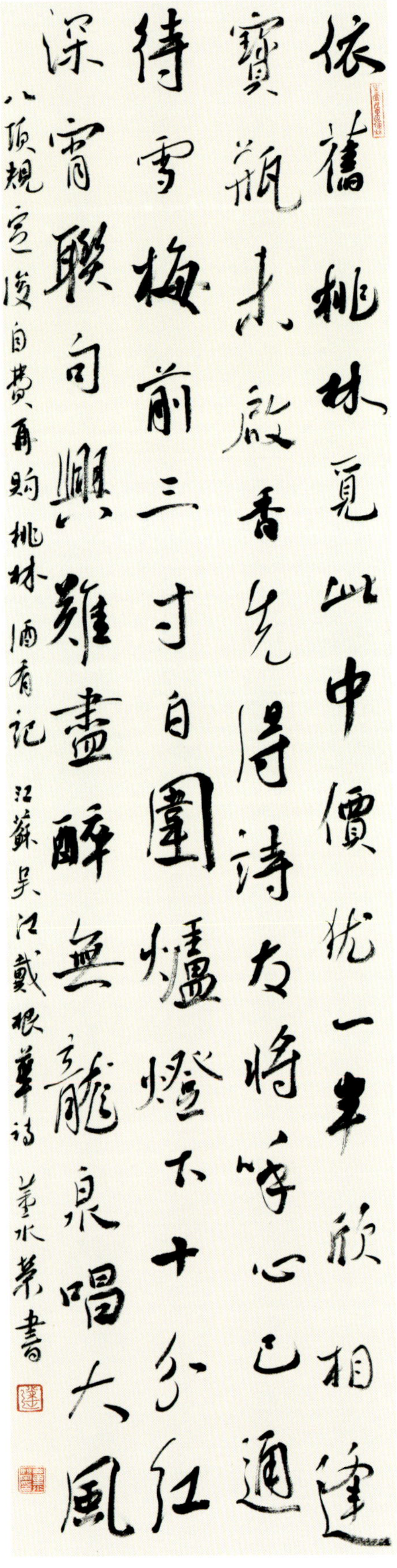

八项规定后自费再购桃林酒有记

作 / 戴根华

书 / 董水荣

依旧桃林觅此中，价犹一半恰欣逢。

宝瓶未启香先得，诗友将呼心已通。

待雪梅前三寸白，围炉灯下十分红。

深宵联句兴难尽，醉舞龙泉唱大风。

图书在版编目（CIP）数据

廉歌行：全国廉政文化诗词大赛获奖作品集 / 苏州市纪检监察学会，苏州市诗词协会，苏州市书法家协会编. — 苏州：古吴轩出版社，2017.11
ISBN 978-7-5546-1049-7

Ⅰ. ①廉… Ⅱ. ①苏… ②苏… ③苏… Ⅲ. ①诗词—作品集—中国—当代 Ⅳ. ①I227

中国版本图书馆CIP数据核字（2017）第288899号

责任编辑：陆月星
见习编辑：张雨蕊
装帧设计：刘雨馨　戴玉婷
责任校对：韩　珏
摄　　影：徐　怡

书　　名：廉歌行——全国廉政文化诗词大赛获奖作品集
编　　者：苏州市纪检监察学会、苏州市诗词协会、苏州市书法家协会
出版发行：古吴轩出版社
地址：苏州市十梓街458号　邮编：215006
Http：//www.guwuxuancbs.com　E-mail：gwxcbs@126.com
电话：0512-65233679　传真：0512-65220750
出 版 人：钱经纬
印　　刷：苏州市深广印刷有限公司
开　　本：787×1092　1/16
印　　张：7.5
版　　次：2017年11月第1版　第1次印刷
书　　号：ISBN 978-7-5546-1049-7
定　　价：128.00元